Plus fort que tout, le destin

Violet Winspear

HARLEQUIN

Cet ouvrage a été publié en langue anglaise
sous le titre :

THE SUN TOWER

53, avenue Victor-Hugo, Paris XVIe. Tél. 500.65.00.
ISBN 2-280-00127-6
ISSN 0182-3531

Harlequin
"tout un monde d'évasion"

Il y a des jours où tout va bien...
Il fait beau, vous vous sentez jolie,
pleine d'énergie, de dynamisme.
Alors, vous plongez avec enthousiasme
dans un nouveau roman Harlequin,
dont l'héroïne, comme vous,
rayonne d'audace et de joie de vivre !

Il y a des jours où tout va mal...
Il pleut, et les nuages vous brouillent le teint.
Tout le monde est maussade ; vous aussi.
Alors, ouvrez vite un nouveau roman Harlequin.
Vous y trouverez le soleil, la passion,
l'optimisme dont vous avez besoin.
Vous oublierez tous vos soucis.

Quelle que soit votre humeur,
gaie ou triste, tendre ou folle,
Harlequin vous offre chaque mois
des heures de détente et d'évasion...

Partez avec Harlequin,
le temps d'un roman.

1

Une histoire sans histoire... Une histoire d'amour sans amour, sans baisers...

Des bribes du dernier air à la mode flottaient jusqu'à Dina, qui se trouvait seule dans la salle de jeu du country-club.

Elle en fredonna les paroles, et un léger sourire détendit ses lèvres, tandis que son regard devenait pensif, presque nostalgique.

Cette chanson correspondait si bien à sa propre histoire ! On aurait cru que l'orchestre jouait pour elle seule...

Certes, Bay Bigelow, l'héritier d'une famille plus qu'aisée, était très séduisant et avait l'avantage d'être approuvé par la redoutable marraine de Dina.

Mais elle n'était pas amoureuse de lui...

Pourtant, leurs fiançailles avaient été récemment célébrées. Dans la riche société californienne de Pasadena, de tels mariages de raison se trouvaient souvent arrangés ainsi. Les fortunes prenaient le pas sur les sentiments.

« N'est-ce pas un peu dommage ? » se demanda Dina avec un soupçon de mélancolie.

Pour rien au monde, cependant, elle n'aurait voulu contredire sa marraine. Elle devait tant à Bella Rhinehart !

Dina était encore enfant quand son père, Lewis Caslyn, avait fait faillite. On avait alors parlé d'opérations frauduleuses en Bourse... Lewis était allé s'installer dans un cottage délabré sur la plage de Malibu. Et un jour, il avait disparu... Tout le monde avait pensé qu'il était entré dans la mer et avait nagé droit devant lui jusqu'à ce que ses forces l'abandonnent. N'avait-il pas souvent dit qu'il en finirait ainsi ?

Dina avait été confiée légalement à la garde de Bella, qui s'était occupée d'elle comme si elle avait été vraiment sa fille. Dina avait été élevée dans les meilleures institutions privées, et Bella n'avait rien négligé pour parfaire son éducation.

Cent fois, elle avait seriné aux oreilles de sa filleule que Lewis n'avait jamais été qu'un bon à rien. Selon elle, il avait fait mourir sa femme de chagrin. Et il aurait probablement passé le reste de sa vie en prison si Bella elle-même n'avait engagé les meilleurs avocats pour le défendre.

Dina comprenait mal la complexité des sentiments qu'éprouvait sa marraine pour son père. C'était un mélange d'amour et de haine... Elle s'était à plusieurs reprises demandé si Bella n'avait pas été amoureuse de Lewis.

Mais ce n'était pas une question à poser ! Dina devait se contenter de manifester sa gratitude à Bella. Grâce à sa marraine, elle vivait dans une confortable maison, portait d'élégants vêtements et était devenue une jeune fille de la bonne société.

Le fait que les parents de Bay Bigelow aient accepté ces fiançailles sans sourciller n'en était-il pas la preuve ?

C'était Bella qui avait voulu à toute force ce mariage. Et Dina avait dit : « pourquoi pas ? » avec cette réserve un peu froide qui la caractérisait.

Elle pouvait bien épouser Bay pour faire plaisir à sa marraine ! Pour la remercier de l'avoir abritée pendant toutes ces années à Satanita, somptueuse propriété entourée de jardins pleins d'orchidées et d'oiseaux du paradis que Dina considérait désormais comme sa maison.

Elle ne s'était jamais sentie en sécurité auprès de son père, à Malibu. Et elle redoutait par-dessus tout de retrouver ce sentiment d'inquiétude et de malaise qui l'avait taraudée lorsqu'elle vivait dans cette villa en si mauvais état.

L'orchestre jouait maintenant un autre air, pourtant Dina n'y prêtait plus attention. Elle avait soudain l'impression de ne pas être seule.

Elle se retourna mais ne vit personne. Alors elle reprit sa rêverie face à la fenêtre.

Un visage se refléta à côté du sien dans la vitre noire, et elle sursauta. L'épaisse moquette qui recouvrait le sol de la salle de jeu avait assourdi les pas du nouveau venu...

Maintenant, il se tenait à ses côtés et ses yeux sombres, dans la fenêtre devenue miroir, la fixaient avec une intensité presque intolérable.

« On dirait un fauve », songea-t-elle confusément. « Un... un tigre ! »

Il n'était pas vraiment beau. Mais c'était cependant le genre d'homme sur lequel les femmes devaient se retourner... Car il avait une personnalité puissante qui attirait et retenait l'attention.

— Vous ne pouvez pas jouer seule à ce jeu-là, déclara-t-il.

Sa voix était légèrement rauque, infiniment prenante. Elle atteignit profondément Dina, et elle se sentit étrangement menacée.

— De quel jeu parlez-vous ? demanda-t-elle.

Qu'avait-il en tête, cet inconnu à l'allure inquiétante qui l'avait découverte seule ici, alors que tous les autres dansaient ou s'amusaient sur les terrasses ?

Et où était Bay ? Pour une fois qu'elle avait vraiment besoin de lui, il devait discuter golf ou polo avec ses amis !

L'homme haussa les épaules.

— Oh, du billard... ou bien du Scrabble... ou bien...

D'un geste de la main, il désigna les tables disposées çà et là. Son cigarillo semblait donner plus d'importance à ses mouvements. C'était un peu comme s'il avait eu un sixième doigt.

— Faites votre choix ! ajouta-t-il.

— Vous me demandez de faire une partie avec vous ?

Elle leva vers lui ses yeux couleur d'ambre. Son ravissant visage demeurait serein en apparence. Et pas une mèche de ses cheveux d'or pâle, coupés au carré, n'était déplacée.

— Voulez-vous jouer ? proposa-t-il.

Il rejeta une bouffée de fumée bleue.

— Je ne joue pas au billard, répondit-elle d'une voix froide. Et je ne pense pas que le Scrabble vous intéresse...

— Tiens, vous me jugez déjà ! Alors que nous venons à peine de faire connaissance...

Il haussa un sourcil.

— Vous n'avez pas envie de danser, sinon vous seriez sur la piste avec les autres. Par conséquent, vous recherchez un autre dérivatif...

— Vous vous imaginez que j'ai besoin de compagnie ? lança-t-elle sans aménité. Figurez-vous que je suis venue ici parce que j'avais envie d'un peu de tranquillité, loin des bavardages...

— Très bien ! approuva-t-il. Ainsi, vous n'êtes pas une bavarde ?

Il détailla sa robe de soie signée d'un grand nom de la couture, puis son regard s'arrêta sur ses lèvres pleines — un peu vulnérables.

Dina souriait facilement, d'ordinaire. Mais en ce moment, son visage demeurait sérieux. Si elle s'était écoutée, elle aurait quitté cette salle... Mais elle ne voulait pas donner à cet inconnu la satisfaction de l'avoir chassée.

Elle était certaine de ne l'avoir encore jamais vu au country-club. Car même si elle n'avait fait que l'apercevoir, elle se serait souvenue de son expression à la fois sardonique et impudente, et de ses yeux gris qui fonçaient ou s'éclaircissaient selon son humeur.

C'était certainement un étranger...

Elle eut soudain envie de le blesser.

— Qui êtes-vous ? L'un des serveurs du club ?

Les yeux de l'inconnu étincelèrent.

— Vous avez besoin de mordre, n'est-ce pas ? Tout au long de la soirée, vous avez cherché à qui vous en prendre... Mais les autres ne sont pas responsables de votre insatisfaction !

Elle se raidit.

— Comment osez-vous me parler ainsi ?

Cet homme dont elle ignorait jusqu'au nom lui disait des choses que Bay ne lui aurait jamais dites !

— Qui êtes-vous pour me parler ainsi ? redemanda-t-elle.

— C'est moi qui fournis le restaurant du country-club. Je m'occupe de livrer la nourriture et les boissons pour les buffets et le bar.

Avec un sourire sarcastique, il lança :

— Mais je ne sers pas ! Je suis venu ce soir parce que j'avais à discuter affaires avec le secrétaire. Son bureau se trouve au même étage que la salle de jeu, et quand je vous ai vue perdue dans vos réflexions, je me suis dit que vous aimeriez peut-être vous confier à un étranger. On en dit plus, parfois, à ceux qu'on ne connaît pas qu'à ceux qui vous sont trop proches... N'avez-vous pas remarqué que les trains, par exemple, sont propices aux confidences ? On sait qu'on ne reverra jamais celui ou celle qui vous a, pendant dix minutes ou quelques heures, prêté une oreille attentive...

Dina sentit son pouls s'accélérer. Elle eut brusquement la curieuse impression de se trouver dans un rapide lancé à toute allure dans la nuit... Ou bien à bord d'un paquebot...

Elle détourna la tête, incapable de soutenir plus longtemps le regard magnétique de son interlocuteur.

— Excusez-moi, murmura-t-elle. Je n'aurais pas dû vous parler ainsi. J'étais perdue dans mes pensées et vous m'avez surprise... Je ne voudrais pas que vous me preniez pour une snob ! Je ne ressemble pas à certains des membres de ce country-club qui s'imaginent supérieurs à tout et à tous !

Un nuage de fumée dissimula un instant les traits de son interlocuteur.

— Ne vous excusez pas... J'ai la peau dure et vous l'avez à peine égratignée. Et maintenant, dites-moi... *dove'l dolore,* comme nous disons à Milan, ma ville d'origine ?

— Je ne parle pas italien.

— En d'autres termes : qu'est-ce qui ne va pas ?

Elle agrandit les yeux.

— Quelle question !

Elle regarda autour d'elle, un peu comme un animal piégé qui cherche à fuir. Les perles de ses boucles d'oreilles se balancèrent sur ses joues. Elle crispa les doigts sur son mouchoir de soie et avala sa salive.

Le contraste qu'il y avait entre cet homme et elle la frappa soudain. Il était si sombre, et elle si blonde et blanche, avec ses yeux d'ambre pâle...

— Je ne suis pas un véritable gentleman, déclara-t-il avec une insolence calculée. Si je l'étais, je ne me serais pas permis d'adresser la parole à une jeune fille de l'élite californienne… Une jeune fille à laquelle je n'ai pas été présenté.

Et, railleur :

— Songez donc ! Quelle inconvenance !

— Les Italiens ont donc l'habitude de poser tout de suite des questions indiscrètes ?

Presque avec défi, elle étudia son visage. Tout de suite, elle sut que c'était un travailleur, un lutteur… Qu'y avait-il de commun entre elle, la protégée de la riche Bella Rhinehart, et cet homme qui fournissait les cuisines du country-club ?

Jamais ils n'auraient l'occasion de se revoir. Ils évoluaient dans des mondes trop différents.

— Alors, qu'avez-vous déchiffré sur mon visage ? s'enquit-il.

— Vous aimez le travail et la lutte, répondit-elle avec sincérité.

— C'est vrai. J'entreprends mille choses à la fois… La vie devient tellement plus passionnante quand on la prend à bras-le-corps ! Il y a les batailles. Et aussi la douceur…

Malgré elle, elle rougit. Il sourit.

— *La belle au bois dormant,* fit-il en français. Vous connaissez cette langue, je suppose ? On a dû vous l'apprendre dans vos écoles pour petites filles riches ?

— Je ne suis pas endormie ! protesta-t-elle.

— Croyez-vous ?

— De toute manière, vous n'êtes pas un prince !

— Je n'ai pas cette prétention, admit-il. Je m'identifierais plutôt à une tour mal gardée…

Elle éclata de rire.

— Cela m'étonnerait !

Sans rien ajouter, il tira une bouffée de fumée. Ses boutons de manchette — or et saphir — étincelèrent sur ses poignets de chemise d'un blanc neigeux. Il portait un smoking couleur bordeaux, parfaitement coupé.

Dina savait reconnaître les vêtements de bon faiseur ainsi que les pierres précieuses véritables...

« Cet homme sait vivre, reconnut-elle intérieurement. Et il se moque totalement de ce que les gens pensent de lui ! »

— Si vous n'êtes pas la Belle au Bois Dormant, reprit-il, qui êtes-vous ? Une religieuse ?

Elle haussa les épaules.

— Une religieuse en robe de bal ?

Quel étrange duel verbal... Tout cela était nouveau pour elle. Elle n'aurait su dire si ce dialogue lui plaisait ou non. Elle avançait en terrain inconnu...

— Certaines femmes vivent cloîtrées, quelle que soit leur tenue, assura-t-il.

Il eut un sourire de biais.

— Vous hésitez, n'est-ce pas ?

— J'hésite ? répéta-t-elle, incertaine.

— Entre les cloches carillonnant vos noces et... et votre liberté.

— Comment savez-vous que...

Il montra le solitaire qui étincelait à son annulaire gauche. Bay le lui avait glissé au doigt avec un sourire charmeur. Et Bella avait hoché la tête d'un air approbateur.

— Vous vous prenez pour un devin ? demanda-t-elle avec hauteur.

— Pas du tout. Je m'appelle Raffaello Ventura. Raf, pour mes amis...

Et, la fixant droit dans les yeux.

— Mon grand-père faisait les poubelles à Milan. Il est venu en Amérique pour échapper à la misère...

Elle soutint son regard.

— Je vous imagine très bien chef d'une bande de brigands dans quelque île de la Méditerranée !

— *Grazie...*

Elle comprit qu'elle l'avait atteint et s'en étonna :

— Vous n'êtes donc pas tout en granit ?

— Chaque homme a son talon d'Achille.

Elle le regarda avec surprise. Il était grand, mince et musclé, sans un gramme de graisse. Cet homme, quoique plus âgé que Bay et ses amis qui entretenaient leur forme sur les courts de tennis ou les terrains de polo, était en pleine condition physique.

— Vous devriez vous méfier des brigands, murmura-t-il. Ils prennent ce qui les tente sans s'encombrer de principes.

— Je n'ai pas dit que vous étiez un brigand ! J'ai dit que vous en aviez l'air...

— Me croyez-vous capable de séduire la femme d'un autre ?

— Dans ce domaine, je ne pense pas que vous ayez beaucoup de scrupules...

Il la détailla sans hâte.

— Nous sommes seuls, vous et moi... Personne ne peut nous voir ni nous entendre. J'ai bien envie...

— Mon fiancé a pris des leçons de boxe avec des professionnels, *signore*. Avez-vous envie qu'il vous casse le nez ?

Une lueur de colère passa dans les yeux gris de l'Italien.

— A cause de ce diamant, vous vous croyez « chasse gardée » ?

— En quelque sorte, oui.

Dina ne comprenait pas pourquoi elle acceptait de poursuivre cette conversation. Cet homme s'adressait à elle comme jamais nul n'avait osé le faire... Bay était toujours tellement respectueux, tellement homme du monde...

— Qui vous donne le droit de me parler ainsi ? demanda-t-elle sur un ton de défi.

Il se pencha et elle eut l'impression de se noyer dans ses yeux.

— Vous êtes une introvertie, *signorina*. Vous gardez tant de choses enfermées en vous... L'image que vous présentez au monde n'est pas conforme au véritable *vous*. Voulez-vous que je vous en dise plus sur vous-même, vous qui m'avez jugé en quelques mots méprisants — et sans appel !

— Il suffit de vous regarder pour...

— Pour tirer tout de suite des conclusions négatives !

Il eut un sourire sardonique.

— En Amérique, on dit que les Italiens sont soit des restaurateurs, soit des truands... Vous ne me contredirez pas !

— Vous êtes un truand ?

— Si je l'étais, quelle serait votre réaction ? Fascination ou terreur ?

Elle secoua la tête.

— Vous êtes... imprévisible !

En dépit de ce dialogue insensé, elle demeurait en apparence parfaitement calme et posée.

— Vous ne perdez jamais patience ? s'enquit-il. Comment vous faire sortir de votre réserve ?

Il la toisa, les yeux rétrécis.

— J'ai envie de vous infliger un traitement de choc !

Il se pencha. Son visage était maintenant tout proche du sien.

— Et si j'étais vraiment un gangster ?

Elle ne bougea pas. La peur la paralysait. En même temps, elle était hypnotisée par cet inconnu aux cheveux sombres et au regard impérieux.

— Si j'étais un gangster, insista-t-il, vous enfuiriez-vous en hurlant ?

« C'est possible qu'il en soit un », constata-t-elle, le cœur battant.

Peut-être était-il armé... Certains pistolets ultraplats pouvaient se dissimuler aisément au fond de la poche d'un smoking.

La maffia — cette inquiétante organisation d'origine italienne —, n'était pas un mythe !

— Non, vous ne hurlerez pas, fit-il à mi-voix comme pour lui-même. Vous vous battrez à coup de griffes et de dents pour sauvegarder votre honneur...

— Oui, je suis capable de lutter pour mon honneur. Pour moi, ce n'est pas un vain mot...

Soudain, elle pensa à son père. Sans Bella, qui s'était efforcée d'en faire oublier jusqu'au souvenir, pourrait-elle maintenant parler d'honneur ?

— Vous êtes trop respectable, Dina !

Elle écarquilla les yeux.

— Vous connaissez mon nom ! Comment est-ce possible ? Nous ne nous sommes jamais rencontrés...

Il sourit et ses dents étincelèrent dans son visage bronzé.

— Dites-moi, Dina... Avez-vous des conversations de ce genre avec votre fiancé ?

— Quelle idée !

— Il est loin de vous croire capable de mener un tel dialogue ! railla Raf Ventura.

— Qu'en savez-vous ?

— Pour lui, vous n'êtes rien d'autre qu'une statue sur un piédestal. Il vous a offert une très belle bague... Mais vous a-t-il jamais prise passionnément dans ses bras ? Vous êtes-vous sentie infiniment « femme » auprès de lui ?

Dina eut un mouvement de recul.

— Cette fois, vous... vous allez trop loin.

Il avança d'un pas et posa ses mains sur ses hanches, l'empêchant ainsi de poursuivre sa retraite. Il la dévorait du regard.

Pour cet homme, aucune femme n'était sur un piédestal...

— Non ! protesta-t-il. Je ne vais pas assez loin.

Il dressa l'oreille.
— Vous entendez la musique ? L'orchestre joue *Plaisir d'Amour*... L'amour, vous connaissez, Dina ?
— Lâchez-moi !
Elle voulut se dégager, mais il la maintenait solidement, et elle sentit ses doigts pénétrer dans sa chair à travers l'étoffe mince de sa robe.
— Lâchez-moi ! répéta-t-elle. Comment osez-vous vous conduire ainsi ? Quelqu'un pourrait entrer et nous voir... Les gens penseraient...
— Ils penseraient que vous êtes venue me retrouver ! se moqua-t-il.
— Vous êtes un... un...
Elle ne parvint pas à trouver le mot. Comme elle se sentait vulnérable... Cet homme profitait de sa force physique et elle n'osait pas appeler au secours !
Pourtant, si elle le faisait, les gens accourraient immédiatement, et alors elle l'accuserait d'avoir voulu la violer.
Tout le monde la croirait ! Comment mettre en doute la parole de Dina Caslyn, la filleule de Bella Rhinehart ! Dina Caslyn, la vertueuse fiancée de Bay Bigelow...
Elle serra les dents et, retenant le cri qui lui venait aux lèvres, lutta contre cet étranger dont les mains étaient comme deux fers rouges sur ses hanches.
— Lâchez-moi ! ordonna-t-elle pour la troisième fois.
Il se contenta de sourire en guise de réponse. Un sourire triomphant, presque animal.
— Vous exagérez ! s'exclama-t-elle. Vous me traitez comme... comme...
Il eut un rire ironique.
— Allons, ne dramatisez pas ! Si quelqu'un entrait, je suis persuadé que vous sauriez quoi dire ! Il vous suffirait de prétendre que je vous ai agressée...

— Oui, c'est ce que je dirais ! Alors pour éviter des ennuis, vous feriez mieux de partir ! La soirée est presque terminée. Mon fiancé va venir me chercher...

— Il en a de la chance ! C'est donc lui, l'heureux élu qui vous ramènera jusqu'à Satanita et vous embrassera au clair de lune ?

— Comment savez-vous que j'habite à Satanita ? Moi, je ne vous connais pas. Je ne vous ai jamais vu ici auparavant !

— Je n'ai pas l'habitude de perdre mon temps dans ces élégants country-clubs !

— Alors...

— Je vous ai aperçue au *Sun Tower* à Las Palmas, quand vous y séjourniez avec votre marraine...

Elle fronça les sourcils et l'examina d'un air intrigué.

— C'est exact. Cependant je ne me souviens pas de vous...

Pourtant, elle était sûre que si elle l'avait déjà rencontré, elle n'aurait pas oublié ses traits... Ils seraient demeurés imprimés à jamais dans sa mémoire.

— L'hôtel *Sun Tower* m'appartient. J'y ai un appartement au dernier étage, et c'est de ma terrasse privée que je vous ai remarquée... Vous étiez au bord de la piscine, en maillot, et je vous ai trouvée...

Il marqua une pause. Un sourire moqueur détendit ses lèvres.

— ... virginale ! laissa-t-il enfin tomber.

Elle rougit.

— Je vous en prie !

— Vous ne vous débattez plus, remarqua-t-il.

— Vous êtes le plus fort, vous le savez bien. La lutte est trop inégale !

— Ah oui ?

Il l'attira brusquement contre lui, l'étreignant si

violemment qu'elle sentit chacun des muscles de son corps...

— Plaisir d'amour... Chagrin d'amour... murmura-t-il dans son oreille. Dina, l'amour est-il pour vous une déception ?

— Je refuse de discuter plus longtemps avec vous.

Elle voulut le repousser — sans succès, naturellement. Sa joue effleura la sienne, et son haleine fit voleter ses cheveux.

— Dina, quand je vous ai surprise près de la fenêtre, vous étiez si pensive... J'ai été tout de suite touché.

— Vous ? Touché ? Je ne le crois pas un instant !

Les battements de son cœur s'affolèrent encore. Il était si proche, cet Italien aux cheveux sombres et au visage de fauve...

— Vous ressemblez à un gangster ! s'entendit-elle dire. Et je n'ai pas de relations avec ces gens-là !

Il éclata de rire.

— Si vous croyez me vexer !

Son étreinte se relâcha quelque peu.

— Dina, je suis prêt à vous laisser. Mais à une condition : que vous acceptiez de me revoir...

— Jamais !

— Dans ce cas, nous allons rester ainsi jusqu'à ce que votre distingué fiancé vienne vous chercher... Le duel sera inévitable, ma chère ! Que me conseillez-vous ? L'épée ? Ou bien les gants de boxe ?

— Les gants de boxe ! Et Bay vous cassera le nez, comme je vous l'ai déjà dit !

— Je n'y tiens pas, se moqua-t-il. Je suis assez fier de mon nez...

Et, sur un ton de reproche :

— Dina, me souhaitez-vous du mal, vraiment ? Une douce créature comme vous ? Allons, dites-moi où nous nous rctrouvcrons...

— C'est du chantage, monsieur Ventura. Rien d'autre ! Mais de votre part, cela ne m'étonne pas...

— Bien sûr. Un gangster, doublé d'un maître chanteur... Savez-vous que je suis aussi joueur ? J'adore tenter ma chance !

Il la secoua légèrement.

— Criez, maintenant ! Je suis curieux de savoir ce qui se passera...

Et, avec une douceur menaçante, il reprit :

— Alors, quand nous reverrons-nous ? Et où ?

— Vous ne me lâcherez pas avant que je vous ai donné une réponse, n'est-ce pas ? demanda-t-elle, les mâchoires serrées.

— Non, admit-il. Lorsque quelque chose me tombe entre les mains, je ne m'en défais pas si facilement...

— Entre les mains ! Dites plutôt entre les dents... Tel un requin, vous êtes prêt à tout avaler...

— Je ne vous mettrai pas en morceaux ! promit-il. Je préfère vous avoir entière...

Il la fixa avec curiosité.

— Avez-vous peur de moi ?

Elle demeura immobile, sans plus chercher à se dégager.

— Peur ? Pas vraiment... Je suis surtout agacée. Je n'ai pas l'habitude que l'on me force ainsi.

— Ecoutez, considérez-moi comme un vieil oncle qui a l'habitude de vous emmener manger des glaces... Quand voulez-vous que nous allions déguster ensemble un cornet vanille-fraise ?

— Vous n'avez pas l'air d'un vieil oncle...

— Donnez-moi rendez-vous... insista-t-il.

Mais pourquoi n'appelait-elle donc pas ? Elle ne le comprenait pas elle-même. Etait-ce parce qu'elle s'ennuyait tant dans la vie que n'importe quelle diversion était la bienvenue ?

— Je suis fiancée.

— Et votre fiancé a toute confiance en vous ! lança-t-il, sarcastique.

— Je n'ai pas l'habitude de sortir avec d'autres, en effet !

— Vous savez, la vie n'est pas un lit de roses...

Il la contempla, les sourcils froncés.

— Mais je ne vous apprends rien. Ce soir, vous avez fui vos amis pour venir vous réfugier ici...

Son sourire n'était plus ironique, soudain, et elle frissonna, se sentant devinée.

— Parfois, murmura-t-il, les esclaves se révoltent contre leurs chaînes... Même si ces chaînes sont en or, en perles et en diamants...

D'une pichenette, il fit voltiger ses pendants d'oreilles.

— C'est le destin qui a voulu notre rencontre, assura-t-il.

— Le destin ? répéta-t-elle, peu convaincue.

— Appelez cela fatalité si vous préférez.

Elle haussa les épaules.

— Si j'étais restée sur la piste de danse, il est probable en effet que je n'aurais pas rencontré le diable ce soir !

Il s'inclina légèrement.

— Appelez-moi ainsi si cela vous fait plaisir !

Dina le fixa sans ciller.

— Vous rendez-vous compte de ce que vous me demandez ? De tromper l'homme que j'aime ?

Il secoua la tête.

— Jamais je ne demanderais cela à une femme !

— C'est pourtant ce que vous faites ! Vous m'obligez à trahir quelqu'un qui m'accorde sa confiance ! Croyez-vous que je le désire ?

— Je voudrais simplement que vous passiez quelques heures avec moi. Il n'est pas question que vous tombiez de votre piédestal — même si vous vous ennuyez beaucoup là-haut ! Vous me faites penser à un oiseau enchaîné qui rêve d'étendre ses ailes...

Elle ouvrit la bouche pour protester.

— Je ne me trompe pas, coupa-t-il. Je le sais, Dina !

— Je ne vous ai pas donné la permission de m'appeler par mon prénom.

Elle redressa orgueilleusement son menton.

— Et je commence à en avoir assez d'écouter vos bêtises ! Ah, vous prétendez tout savoir à mon sujet... Votre petit numéro amuse-t-il beaucoup les femmes, en général ? Ou bien le trouvent-elles agaçant — comme moi ? Ces illusionnistes qui prétendent lire les pensées des gens m'ont toujours profondément ennuyée.

— Vous croyez que je ne peux pas lire en vous ?

Sans hâte, il l'examina.

— Sous votre attitude froide, je lis beaucoup de cœur et de chaleur humaine... Un peu de masochisme, aussi ! Vous avez également le sens de l'humour, même si vous le dissimulez soigneusement.

— Voilà le résultat de votre analyse ? lança-t-elle, plus troublée qu'elle ne voulait l'avouer.

— Oui, Dina, vous avez le sens de l'humour, répéta-t-il. Admettez-le... Et admettez aussi que cette situation a un certain sel ! Cela vous amuse-t-il d'être à la merci d'un gangster ?

— Un gangster... Vous l'avouez vous-même ! Et vous croyez que j'ai envie de vous revoir ?

— Pourquoi pas ? Cela vous changerait de vos amis trop bien élevés.

— Je n'ai pas le choix ? Il faut que j'en passe par où vous le désirez ?

— Vous savez très bien, Dina, que vous êtes libre de vos actes...

Il détourna un instant la tête.

— Ecoutez... La musique vient de s'arrêter... C'est le moment de crier !

— Je ne le ferai pas...

— La peur du scandale ?

Elle ne répondit pas. Le scandale... N'était-il pas déjà attaché à son nom par la faute de son père ?

— Est-ce pour moi que vous avez peur ? Ou bien pour vous ? insista-t-il.

Il appuya ses doigts sur les os de ses hanches, tandis que ses yeux l'interrogeaient, aussi froids et durs que de l'acier.

— Vous n'avez pas envie d'être prise en flagrant délit ?

— Non... murmura-t-elle.

— Il n'y a pas de fumée sans feu... Vous craignez que vos amis ne pensent que vous m'avez provoqué ?

Elle se contenta de soupirer.

— Ce n'est pas l'idée de voir mon beau nez italien cassé qui vous inquiète ? poursuivit-il. Comme c'est dommage...

Ses yeux s'animèrent d'une lueur moqueuse.

— Mais peut-être ai-je un couteau à cran d'arrêt caché dans ma manche ?

— Oh, vous en seriez capable !

— Bien sûr, admit-il.

Il se pencha encore.

— De quelle couleur sont vos yeux ? Dorés...

— Finissons-en avec ces discussions ridicules ! Laissez-moi partir !

La panique s'empara brusquement d'elle. Car d'ici quelques minutes — quelques instants peut-être —, Bay arriverait.

— Je vous reverrai, si vous insistez, promit-elle. Mais lâchez-moi. La façon dont vous me tenez est tellement... choquante !

— J'aurais dit intime...

Il se mit à parler très vite.

— Ecoutez, il y a une petite baie tranquille juste en dessous de la route qui mène à Santa Isola. Venez m'y retrouver mercredi. J'apporterai un pique-nique...

— Oh, la Crique des Nonnes !

— C'est ainsi qu'elle s'appelle ?

— Oui...

Elle pouvait toujours lui dire qu'elle irait... Mais elle était bien décidée à ne pas y mettre les pieds ce mercredi-là !

Son visage n'était plus qu'à quelques centimètres du sien.

— Si vous ne venez pas, je me rendrai à Satanita ! menaça-t-il.

— Vous obtenez ce que vous désirez uniquement par la force ! Vous ne devez guère avoir d'amis... Car ceux que vous achetez, comme ceux que vous menacez, ne peuvent être considérés comme des amis.

Elle leva les yeux au ciel avant de poursuivre :

— Seigneur, pourquoi a-t-il fallu que ce soit moi qui tombe entre vos griffes ce soir ?

— Vous savez très bien pourquoi je vous ai choisie, vous !

Et, moqueur :

— Vous n'avez pas de miroir à Satanita ?

Elle crispa les poings tandis qu'il l'observait avec un sourire cynique.

— Alors, à mercredi ? interrogea-t-il.

— Oui, fit-elle dans un soupir. Puis-je espérer que vous vous conduirez en... en gentleman ?

— Je suis un gentleman, ma chère, ironisa-t-il. Mercredi, j'apporterai une collation de caviar et de champagne... Cela vous convient-il ?

Dina ne répondit pas. Elle se demandait ce que penserait sa marraine si jamais elle apprenait tout ceci ! Que sa filleule si soigneusement élevée ait accepté aisément l'invitation d'un restaurateur italien, cela dépassait l'entendement !

Mais Dina se sentait assez sûre d'elle pour tirer son épingle du jeu. Après tout, en dépit de son apparence presque inquiétante, cet homme n'était sûrement pas une brute !

Il s'exprimait avec une parfaite correction, et ses vêtements étaient ceux d'un homme du monde.

— Je crois que nous n'avons plus rien à nous dire maintenant, monsieur Ventura ?

— Appelez-moi Raf.

Elle détourna la tête. Ce cauchemar n'en finirait donc jamais ? Mais était-ce vraiment un cauchemar ? Au fond d'elle-même, elle devait bien s'avouer que ce petit intermède n'était pas tellement déplaisant...

— Vous ressemblez à une précieuse orchidée, Dina... Une orchidée qui a été cultivée sous une serre. J'ai envie de vous faire prendre l'air !

— Vous voulez dire que je suis sophistiquée au point d'en perdre tout naturel ?

Soudain, elle était presque offensée.

— J'aime les orchidées, assura-t-il. Et aussi les fleurs des champs...

Elle serra les lèvres.

— Allez-vous-en maintenant ! Je vous en prie...

— J'ai une idée... Si je m'inscrivais ici ? Me voyez-vous jouant au polo avec vos jeunes amis ?

Elle ne put s'empêcher d'éclater de rire.

— Pour faire partie de ce country-club, il faut être parrainé... Les adhérents sont des snobs, et le secrétaire chargé des inscriptions le plus snob de tous !

Secouant la tête, elle ajouta :

— Je vous imagine bien mal au milieu de tous ces oisifs ! La plupart de ces jeunes gens seraient très choqués à la seule idée de travailler. Vous ne leur ressemblez guère !

— Parce que je suis passionné par mon travail ? Comment le savez-vous ?

— Il suffit de vous regarder pour le deviner. Combien de nuits avez-vous passées penché sur vos livres de comptes ?

— Suis-je un travailleur ou un gangster ? Car on ne peut être l'un et l'autre !

— Dans votre cas, si !

Elle était vraiment persuadée de ce qu'elle disait.

— De toute façon, vous ne ressemblez en rien aux jeunes dilettantes qui passent une bonne partie de leurs journées ici, poursuivit-elle. Vous aimez la lutte, la compétition...

— Exact.

— Vous êtes très dur, n'est-ce pas ? Pour vous, pour les autres... et aussi en affaires ?

— Exact, répéta-t-il brièvement.

Il eut un sourire sardonique :

— Je suis fait d'acier de la tête aux pieds... à l'exception bien entendu de mon talon d'Achille. Dina, je vous fais peur ?

— Vous êtes un homme... sans pitié.

— Peut-être est-ce préférable à la mollesse de ces jeunes gens qui vous entourent ?

Elle soupira. Oui, il était dur, et impitoyable... Si différent de Bay...

Autant cet homme était brun, autant Bay était blond... Et comme son fiancé était gentil, courtois...

Elle se mordit la lèvre inférieure.

— Attention, vous allez vous faire mal ! remarqua-t-il.

— Cela vous est bien égal ! Vous êtes tellement cruel...

— Il existe différentes sortes de cruautés, Dina.

Il lui sourit de nouveau, et un éclair d'ironie brilla dans ses prunelles grises.

— Voyez-vous, je n'ai jamais épinglé un papillon

sur une feuille de papier pour voir ses ailes vibrer jusqu'à ce que mort s'ensuive. En revanche, j'ai jeté un homme par terre à coups de poing et je lui ai brisé les dents.

— Que vous avait-il fait ? s'écria-t-elle avec horreur.

— Il m'avait vendu du faux caviar... Des œufs teintés ! Mais n'ayez crainte, Dina ! Le caviar que j'apporterai mercredi à la Crique des Nonnes sera le meilleur que je pourrai trouver !

— Vous comptez sur moi ? Vraiment ?

— Et comment !

Il se pencha de côté, l'oreille aux aguets.

— Vous entendez ? Les voici... Je vous conseille de vous glisser derrière ces épaisses tentures pendant que je m'éclipse de mon côté.

Vivement, il souleva les draperies de velours.

— Cachez-vous ici. Personne ne vous verra...

Elle obéit. Elle était soudain incapable de prendre une décision et se laissait commander sans protester.

— *Ciao !* murmura-t-il.

Dina porta la main à sa bouche pour étouffer un éclat de rire incongru.

Cet homme était incroyable...

Il s'imaginait vraiment qu'elle irait le retrouver mercredi prochain ?

« Il pourra manger son caviar tout seul ! » se dit-elle. Et si jamais il ose se présenter à Satanita, je prétendrai ne l'avoir jamais vu. »

Le portail de l'imposante propriété était toujours clos et gardé. Il était peu probable qu'un inconnu parvienne à trouver un prétexte pour le franchir !

— Dina, es-tu par ici ?

C'était Bay. En reconnaissant sa voix, elle quitta son abri. Pas un de ses cheveux n'était déplacé. Elle paraissait aussi fraîche, aussi froide et distante qu'à l'ordinaire...

— Tu te caches ? s'étonna-t-il.

— Pas du tout...

— J'ai pris ton manteau au vestiaire...

Il posa sur ses épaules la cape de velours ornée de soie.

— Nous rentrons ? demanda-t-il.

— Mais oui.

Elle passa devant lui, et, ensemble, ils traversèrent les salons.

Les musiciens rangeaient leurs instruments et les serveurs débarrassaient les tables. Des portières de voitures claquaient et des voix jeunes s'interpellaient, prenant date pour le prochain tournoi de tennis ou pour un parcours de golf.

Dina entendait tout cela un peu comme dans un rêve.

Bay possédait une longue voiture décapotable. Après avoir installé Dina, il s'assit au volant.

« On dirait un gamin », songea la jeune fille.

Avec ses cheveux blonds soigneusement peignés, ses yeux bleus au regard candide et son visage rond un peu mou, il avait en effet l'air d'un adolescent.

— Tu ne t'es pas amusée ce soir, Dina ? demanda-t-il avec un soupçon d'inquiétude dans la voix.

— Mais si !

Elle lui sourit, tandis qu'il mettait le contact. La longue voiture démarra silencieusement, et la lueur d'un réverbère fit briller les cheveux pâles de la jeune fille.

— J'avais peur que tu ne sois fâchée parce que j'ai discuté avec Steve Brett du prochain match de polo... Tu y assisteras, ma chérie ?

Ma chérie... Ces mots, dans la bouche de Bay, ne voulaient pas dire grand-chose. Si Raf Ventura les avait prononcés, ç'aurait été totalement différent...

Elle se raidit, stupéfaite du tour que prenaient ses pensées. Que lui arrivait-il donc ?

— Les femmes devraient prendre des risques, s'entendit-elle dire. Elles se sentiraient ainsi plus vivantes...

— Tu es bien assez vivante pour moi ! s'exclama-t-il en riant.

Adroitement, il guidait son véhicule le long de la route en corniche.

— Tu étais très belle, ce soir ! Je suis fier de toi, tu sais...

Il effleura le tableau de bord en acajou.

— Je touche du bois ! plaisanta-t-il. Vois-tu, par moments, je me dis que c'est trop beau pour durer...

L'estomac de Dina se contracta étrangement. Elle frissonna.

— As-tu froid ? s'inquiéta tout de suite Bay. Tu n'es pas assez couverte...

Il haussa les épaules.

— Ces robes de soie sont bien jolies, mais elles ne doivent pas tenir très chaud, déclara-t-il.

Son égoïsme naturel reprit le dessus.

— J'espère que tu ne vas pas attraper un rhume ! Car je compte sur toi pour assister au match de polo ! Je veux que tu sois la plus jolie et que tu fasses pâlir de jalousie toutes les autres femmes !

Dina ramena les pans de sa cape autour d'elle.

— Tu sais que ce n'est pas mon genre, Bay !

Il éclata de rire.

— Je sais... Et c'est ainsi que tu me plais ! J'aime que tu sois distante et lointaine... As-tu remarqué Lenore Hollis ce soir ?

— Oui...

— Dans cette robe écarlate, elle ne pouvait pas manquer d'attirer l'attention ! Elle flirtait ouvertement avec Steve... A mon avis, il ferait bien de se fiancer officiellement avec Gayna afin de mettre les choses au point ! Cette Lenore Hollis est capable de lui attirer des ennuis !

— Oh ! Bay, tu parles comme un vieux monsieur trop digne, par moments ! Et moi qui m'imaginais que les hommes aimaient les femmes en rouge !

— Il ne faut pas dépasser les bornes ! Si j'étais le mari de Lenore, je lui interdirais de se lancer ainsi à la tête des autres !

Il secoua la tête.

— De toute façon, jamais, je n'aurais épousé une femme comme elle !

— Tu la trouves trop... voyante ?

— Oh combien !

La route en corniche dominait la mer que la lune illuminait d'une lueur argentée. Un peu plus loin, on apercevait le port. Le long des jetées s'alignaient des dizaines, des centaines de yachts, tous plus luxueux les uns que les autres.

— Bob Hollis doit aimer Lenore... murmura Dina. Et l'amour rend tolérant !

— Tolérant, mais pas idiot !

Il fit une petite grimace écœurée.

— Je ne comprends pas Bob... Personne ne respecte sa femme ! Cela lui est donc égal ?

— Et si j'étais comme Lenore ? demanda soudain Dina.

— Toi ?

Pour la première fois de sa vie, Bay donna un brusque coup de volant. Les pneus de la voiture crissèrent sur le bas-côté de la route. Mais il redevint rapidement maître de son véhicule.

— Vois ce que tu me fais faire ! s'exclama-t-il. Ne me donne pas de chocs pareils !

Il lui adressa un rapide coup d'œil de côté avant de reporter son attention sur sa conduite.

— Je te l'ai répété mille fois, Dina ! Ce que j'apprécie par-dessus tout chez toi, c'est ton côté distant ! Quand tu entres dans une pièce, tu es toujours si gracieuse, si calme, si parfaitement à l'aise... On a l'impression que rien ne pourrait jamais te faire sortir de tes gonds. Tu as l'air d'une princesse !

Il eut un petit rire.

Mais en voilà une conversation ! Tu dis des drôles de choses ce soir... Je suis content que ta marraine et mes parents aient décidé que notre mariage serait célébré avant Noël !

— Nous ne sommes qu'au mois d'août, lui rappela-t-elle, avant de poursuivre d'un ton absent : bientôt, ce sera l'automne... J'aime cette saison !

— Tu es un peu poète et tellement mystérieuse ! Tu ne ressembles pas aux autres filles, tu es beaucoup plus profonde qu'elles.

L'espace d'un instant, il posa sa main sur les siennes.

— J'ai beaucoup de chance ! déclara-t-il d'une voix émue.

Dina demeura silencieuse. Ils étaient maintenant tout près de Satanita, dont ils longeaient les hauts murs.

Bay s'arrêta devant le portail et donna un bref coup d'avertisseur. Aussitôt, les deux battants s'ouvrirent électriquement. Une allée bordée d'acacias menait jusqu'à la maison.

On apercevait celle-ci dans la lumière de la lune. C'était une vaste demeure toute blanche encadrée de tourelles.

Deux lampes étaient restées allumées de part et d'autre du perron.

Dina réprima un soupir de soulagement. Enfin, elle était de retour... Ici, elle se sentait totalement à l'abri. Rien de désagréable ne pouvait lui arriver... Aucun inconnu arrogant et insistant ne risquait de lui adresser la parole.

— Je suis fatiguée, murmura-t-elle.

Elle sortit de voiture. Bay la rejoignit immédiatement et monta les quelques marches du perron avec elle. Soudain, il s'empara de sa main et plongea son regard dans le sien.

— Lui as-tu parlé ?

Elle fronça les sourcils.

— A qui ?

— A cet homme brun qui sortait de la salle de jeu juste au moment où j'y entrais... Tu as dû forcément le voir !

Elle hésita. Elle détestait mentir, mais elle ne voulait pas admettre qu'elle avait en effet rencontré Raf Ventura...

— J'étais près de la fenêtre, déclara-t-elle enfin. Et les doubles rideaux me dissimulaient... Il m'a bien semblé entendre quelqu'un entrer, mais je n'ai pas fait attention. Et presque aussitôt, tu m'as appelée.

— Alors tu ne lui as pas parlé ?

Il paraissait soucieux.

— Quand je l'ai croisé, il m'a lancé un de ces regards ! On aurait cru que j'étais son ennemi juré. Et je ne le connais même pas... Je ne l'ai jamais vu ! Il ne doit pas être membre du country-club !

Il frissonna.

— Ce regard ! C'est bien simple, il était diabolique !

— Bay, ne dis pas de sottises ! Cela te ressemble si peu...

— Je me demande qui est cet homme...

— Peut-être travaille-t-il pour le club ? Tu sais, tout le monde ne passe pas sa vie à danser !

— Une pierre dans mon jardin ?... Si mon père était homme d'affaires, il est probable que je l'aiderais... Mais comme c'est un politicien et que je déteste la politique, que veux-tu que je fasse ?

— Je ne te critique pas, Bay !

— J'aurais cru...

— Je trouve seulement bizarre que tu te méfies tant des étrangers à ton petit cercle !

— Cet homme avait un visage qu'on n'oublie pas ! Je me souviendrai toujours de ses sourcils sombres, de ses yeux durs, de...

— Je suis fatiguée ! répéta Dina. Et je n'ai pas envie de passer des heures à parler d'un inconnu qui est probablement fort respectable !

— On voit bien que tu ne l'as pas vu !

— Mais que t'arrive-t-il, Bay ? Tu n'es pas si impressionnable, d'ordinaire !

Elle dégagea sa main et s'aperçut alors que ses jambes la portaient à peine. Même à distance, Raf Ventura continuait donc à avoir tant d'effet sur elle ?

— Tu devrais rentrer, poursuivit-elle. Fais attention sur la route ! Je te verrai vendredi prochain, à l'occasion du match de polo.

— Veux-tu que je vienne te chercher ?

— Ce n'est pas la peine, je me rendrai au club par mes propres moyens. Cela te laissera le temps de te préparer tranquillement. Bonsoir, Bay !

Vivement, elle introduisit sa clé dans la serrure. Ce soir-là, elle n'avait pas envie que son fiancé l'embrasse...

Elle referma la porte et s'adossa au battant, les yeux clos. Quand elle entendit le moteur de la voiture ronronner, elle eut un soupir de soulagement.

Ainsi, Bay avait croisé Raf Ventura... Et il avait lu une menace dans ses yeux ! Curieux... Car Bay n'était pas homme à faire attention à un regard. Il ne laissait jamais la bride sur le cou à son imagination et s'appuyait en général sur des faits concrets — pas sur des impressions !

Sur la pointe des pieds, Dina gravit l'escalier. Elle ne voulait pas réveiller Bella, qui avait le sommeil léger.

Sa marraine la connaissait bien. Trop bien... Si elle la voyait maintenant, elle devinerait qu'il s'était passé quelque chose et la presserait de questions.

Or, pour rien au monde la jeune fille ne voulait mettre Bella au courant de l'étrange rencontre qu'elle avait faite ce soir.

En retenant sa respiration, elle passa devant la porte de la chambre de sa marraine.

Quand elle fut enfin dans sa propre chambre, elle s'assit au bout de son lit. Ses nerfs étaient à fleur de peau, et elle sursauta quand la pendule de la cheminée se mit à sonner.

« Demain, songea-t-elle, je lui raconterai la soirée par le menu, sans qu'elle puisse se douter de rien ! »

Elle sourit.

« Demain, je ne me souviendrai plus de Raf Ventura. Sinon comme dans un rêve... »

2

Le mercredi suivant, Dina ne se rendit pas à la Crique des Nonnes, en dépit de la promesse qui lui avait été extorquée par la force.

Raf Ventura n'avait rien à faire dans sa vie, et elle ne voulait plus penser à lui.

Elle assista au match de polo vendredi soir. L'équipe de Bay gagna... Tout le monde se retrouva ensuite au restaurant du club, et la soirée se passa gaiement.

Bay paraissait tout avoir oublié de ses inquiétudes de l'autre soir.

A mesure que les jours passaient, Dina oubliait que Raf Ventura avait menacé de se rendre à Satanita si elle manquait le rendez-vous qu'il lui avait donné.

Pendant les premiers temps, elle avait redouté de le voir apparaître au portail au volant de quelque voiture couverte de chromes...

Mais elle craignait de moins en moins un esclandre de ce genre.

La propriété de Bella, entourée d'un parc magnifique, était close de hauts murs. Hormis le parc, le seul moyen d'accès était à travers bois. Dina, à force de les sillonner à cheval, y avait tracé plusieurs sentiers, dont un qui conduisait à une plage étroite et toujours déserte.

Pas un seul instant, Dina n'avait songé qu'un autre cavalier pouvait emprunter le même chemin, et parvenir ainsi à Satanita...

Ce matin-là, la jeune fille était assise sous la véranda. Elle terminait son petit déjeuner tout en lisant les journaux du matin.

Le temps était magnifique, et le soleil brillait sur les massifs de fleurs et les arbres exotiques plantés bien longtemps avant sa mort par le mari de Bella.

Tout était calme... Même les oiseaux semblaient s'être tus. Aussi quand un bruit de galop parvint jusqu'aux oreilles de Dina, elle se demanda si elle ne rêvait pas.

Elle leva la tête, et une expression de stupeur intense se peignit sur son joli visage.

Un grand cheval noir fonçait vers la maison au triple galop. C'était une vision presque cauchemardesque, infernale.

Le cavalier arrêta sa monture devant la véranda. Déjà, Dina l'avait reconnu...

Raf Ventura leva sa cravache en guise de salut. Il portait une veste d'équitation, une culotte de cheval kaki et de hautes bottes en cuir noir.

Terriblement mal à l'aise, Dina se mit debout tandis que, de son côté, il sautait à terre. Il caressa l'encolure du cheval et murmura dans son oreille quelques mots en italien.

La colère submergea soudain Dina. Cet homme se croyait vraiment tout permis ! Il avait deviné que les gardiens refuseraient de lui ouvrir le portail, et il avait trouvé un autre moyen pour pénétrer jusqu'à elle !

D'un pas vif, elle se dirigea vers lui. Ses yeux dorés étincelaient.

— Comment osez-vous venir ici ? Vous n'en avez

pas le droit... Il s'agit d'une propriété privée. Je vais appeler Hudson et ses chiens vous chasseront !

Un demi-sourire aux lèvres, il jouait avec sa cravache.

— Je n'ai pas peur des chiens, aussi féroces soient-ils ! Je sais tout de suite m'en faire des amis ! Quant à Hudson...

Son sourire s'agrandit, soudain sarcastique.

— ... je crois bien l'avoir vu dans les bois. Un petit homme aux cheveux blond-roux, en uniforme de garde-chasse, non ? Il m'a pris pour un de vos amis et m'a salué très aimablement, ma foi !

— Vous n'êtes pas mon ami, mais un vulgaire aventurier ! Un homme qui s'introduit chez autrui comme un malfaiteur !

Sa colère fit place à la stupéfaction.

— Mais comment avez-vous découvert ce chemin à travers bois ? Je suis la seule à l'utiliser !

— J'ai plus d'un tour dans mon sac, Dina ! lança-t-il d'un ton railleur.

Il la détailla sans hâte. Ce matin-là, elle portait une robe sans manches couleur pêche.

— En pleine lumière, vous êtes encore plus jolie que sous les projecteurs d'une salle de bal...

Dina se redressa, agressive.

— Monsieur Ventura, comment faut-il vous dire les choses pour que vous les compreniez ? Par une espèce de chantage, vous m'aviez contrainte à accepter de vous retrouver sur une plage... Mais quand vous ne m'avez pas vue à la Crique des Nonnes, vous auriez pu deviner que je ne souhaitais nullement vous revoir !

Elle haussa les épaules.

— Seulement, peut-on s'attendre à ce que vous vous conduisiez comme un gentleman ?

Une lueur à la fois ironique et menaçante s'alluma dans les prunelles grises de l'Italien.

— Soit, je ne suis pas un gentleman ! Mais vous, êtes-vous à l'abri de tout reproche ? Songez que je suis venu à Las Palmas avec une bouteille de champagne et le meilleur caviar qui soit... pour découvrir que vous m'aviez fait faux bond. Vous auriez pu au moins vous donner la peine de m'envoyer un message ! Je me serais ainsi évité un déplacement inutile !

— Vous pensiez vraiment que je me rendrais à ce rendez-vous extorqué par la force ?

— Figurez-vous que j'ai eu la faiblesse de le croire. Pourquoi n'avez-vous pas tenu votre promesse ? Vous avez eu peur de votre fiancé, ce jeune play-boy que j'ai croisé en quittant la salle de jeux ?

Il eut un geste de la main.

— Remarquez, je comprends que vous soyez méfiante... Il n'est pas aussi stupide qu'il en a l'air !

— Je vous interdis de parler de Bay sur ce ton !

Sans tenir compte de l'interruption, il poursuivit :

— Vous pensiez vous débarrasser de moi aussi facilement ? Vous m'avez mésestimé, Dina... Je vous avais dit que si vous n'apparaissiez pas à la Crique des Nonnes, je me rendrais en personne à Satanita !

Il eut un rire moqueur.

— Les gardes ne m'arrêtent pas, vous pouvez le constater ! Et ce n'est pas un portail bien défendu qui me fait peur !

Il regarda autour de lui d'un air appréciateur.

— Jolie propriété... Un vrai château de Belle au Bois Dormant !

— Mais vous n'êtes pas un prince, je vous l'ai déjà dit.

— Je sais. Vous me prenez pour un brigand...

— Il faut que vous en soyez un pour vous conduire comme vous le faites.

Elle le fixa d'un air plein de ressentiment.

— L'autre soir, Bay vous a rencontré... Il m'a

demandé si je vous avais parlé et je lui ai répondu par la négative. Vous m'avez obligée à mentir !

— Dites plutôt que vous avez choisi de mentir ! Nul ne vous demandait de déguiser la vérité... Vous auriez toujours pu raconter qu'un serveur vous avait accostée...

— Oh ! je vous en prie ! coupa-t-elle. Ce n'est pas parce que je vous ai demandé si vous étiez employé au bar du country-club que vous avez toujours besoin de revenir là-dessus !

Elle crut entendre un léger bruit derrière elle, et elle se retourna vivement. Mais elle s'était trompée... Ils étaient toujours seuls. Cependant Bella risquait d'apparaître d'un instant à l'autre.

A ce moment-là, elle serait obligée de faire les présentations... Même en tenue de cheval, Raf Ventura était inquiétant. Il était probable que Bella n'apprécierait nullement le visiteur de sa filleule ! Et quelle serait sa réaction si elle apprenait qu'il était seulement un fournisseur du club !

— Vous devriez partir, supplia-t-elle. Si ma marraine vous voit, elle ne sera pas contente... Personne ne vient ici sans avoir été formellement invité.

— Quel luxe de précautions ! se moqua-t-il.

— C'est nécessaire. Ma marraine possède de nombreux objets d'art de grande valeur et...

— Ah oui ! lança-t-il, sarcastique. Croyez-vous, Miss Caslyn, que je m'intéresse aux collections de votre marraine ?... Je m'en moque totalement ! Par contre, j'aimerais assez faire la connaissance de Bella Rhinehart.

— Si vous vous imaginez, grâce à elle, pénétrer dans la haute société de Pasadena, vous vous trompez ! Ma marraine n'a pas de restaurateurs parmi ses amis !

— Je m'en doute.

Il ne paraissait aucunement froissé. Il continuait à

examiner Dina avec une insolence calculée, et elle eut soudain l'impression que rien de ce qu'elle pouvait faire ou dire n'était capable d'atteindre cet homme.

— Figurez-vous, reprit-il sans hâte, que je n'ai guère envie de connaître de plus près la haute société de Pasadena. Qu'est-elle au fond, cette prétendue élite ? Quelques familles américaines trop riches... et il est préférable de ne pas rechercher de près l'origine de leur fortune.

Il secoua la tête.

— Non, Dina, ces gens-là ne m'intéressent pas.

— Alors que faites-vous ici ?

— Je suis venu vous demander une explication.

— Parce que je ne suis pas allée vous retrouver à la Crique des Nonnes ?

L'indignation la soulevait.

— Mais je ne suis pas à votre disposition, monsieur Ventura !

Comme il faisait claquer sa cravache sur ses bottes cirées, elle ajouta :

— Je n'obéis pas à la cravache !

— Je m'attendais à ce qu'une jeune fille aussi bien élevée que vous respecte ses promesses. C'est la moindre des courtoisies !

— Vous êtes incroyable !

Elle secoua la tête. Les mots lui manquaient pour exprimer ce qu'elle ressentait.

— Ainsi, reprit-elle, vous estimez que je vous ai manqué de courtoisie ? C'est le monde à l'envers !

— J'étais très dépité de devoir déjeuner seul alors que je m'attendais à avoir le privilège de votre compagnie. J'ai donné votre part de caviar aux poissons... Quant au champagne, il n'a pas le même goût quand on le déguste sans le partager !

Il leva la main.

— Je vous avais dit que si vous ne veniez pas,

j'irais à Satanita ! Vous vous estimiez assez à l'abri derrière vos murs gardés ! Mais les brigands n'attaquent jamais de front quand ils peuvent passer par-derrière...

— C'est cette méthode que vous employez en affaires ? Vous cherchez le point faible de vos adversaires pour mieux les détruire. Vous êtes un homme dangereux, monsieur Ventura...

— Je le sais. Et j'en suis fier ! Je n'aimerais pas ressembler à l'un de ces pantins qui font les beaux soirs de Pasadena.

Une étrange pensée vint soudain à Dina. « C'est lui qui a raison », songeait-elle. Elle s'obligea à repousser cette idée. Que lui arrivait-il ?

Raf Ventura ne ressemblait à aucun des jeunes gens qu'elle connaissait. D'ailleurs, ce n'était plus un jeune homme, mais un homme fait ! Un tigre... Car il y avait du fauve en lui. Il avait dû faire son chemin dans la jungle de la vie où les embûches ne manquaient pas. Un jeune héritier comme Bay, par exemple, n'avait jamais eu à lutter. Dès sa naissance, tout lui avait été offert comme sur un plateau d'argent.

« Un tigre », se dit-elle de nouveau en examinant son étrange visiteur. Il en avait également la souplesse, et ses réactions devaient être aussi vives, aussi foudroyantes...

Quant à ses attaques...

Malgré elle, Dina frissonna. Devant cet homme, elle n'était plus la même. Elle perdait son calme, sa maîtrise d'elle-même.

Elle se sentait terriblement femme. Une femme, devant un homme... Elle avala sa salive, à la fois stupéfaite et honteuse du tour que prenaient ses pensées.

— Petite fille riche, murmura-t-il avec dédain.

Elle ne répondit pas. Pour lui, elle n'était que cela,

en effet. Il ignorait qu'autrefois, elle avait vécu presque dans la misère auprès de son père.

Elle eut un frisson. Elle s'efforçait de ne plus penser à ces années difficiles qui l'avaient tant marquée. Elle avait tellement souffert de l'insécurité matérielle que le fait de se sentir à l'abri du besoin était pour elle plus important que tout le reste.

Du bout de sa cravache, Raf Ventura l'obligea à s'approcher de lui.

— Vous êtes glaciale ! remarqua-t-il. Sûre de vous, sûre de votre place dans la vie, sûre de votre avenir auprès de ce charmant jeune homme...

Elle lui adressa un regard plein de défi.

— Pourquoi pas ?

Son cœur battait à tout rompre, et elle espérait qu'il n'en entendait pas les coups désordonnés.

— Vous jugez Bay sans le connaître. Il a fait la guerre du Viêt-nam... il a connu le danger, lui aussi.

Avec mépris, elle ajouta :

— Pendant qu'il se battait, vous étiez probablement en train de servir un faisan flambé ou de changer des assiettes !

Volontairement, elle tentait de le blesser. Sans résultat apparent...

— Moi aussi, j'ai fait la guerre du Viêt-nam, Miss Caslyn ! Aux commandes d'un hélicoptère, j'allais récupérer les blessés au-delà du front. Ce qui n'était pas de tout repos !

Dina se mordit la lèvre inférieure, tandis qu'une légère rougeur couvrait ses joues. Soit, Raf Ventura était plus âgé que Bay. Mais pas beaucoup plus ! Et comme de nombreux Américains, il avait été envoyé lui aussi au Viêt-nam...

— Vous me devez des excuses, remarqua-t-il d'une voix dangereusement douce.

Ses yeux se plissèrent.

— Quel âge me donnez-vous ?

— Je n'en sais rien ! Cela m'est parfaitement égal...

— J'ai trente-six ans. J'ai fêté mon anniversaire mercredi dernier... J'avais prévu à cette occasion un déjeuner très spécial. Hélas, mon invitée n'a pas cru devoir se montrer.

Dina rougit de nouveau.

— Je... je regrette, murmura-t-elle.

Elle soupira et, plus doucement, répéta ses arguments :

— Vous auriez dû vous douter que je ne viendrais pas ! Je... je ne suis pas le genre de femme qui accepte les invitations d'un autre homme alors qu'elle est fiancée ! Pourquoi me conduirais-je ainsi ? Bay ne le mérite pas. Il est tellement gentil !

— Gentil ?

Raf Ventura haussa un sourcil.

— C'est donc tout ce que vous demandez de la vie... Un *gentil* fiancé !

Il leva les yeux aux ciel.

— Seigneur ! soupira-t-il. Ainsi vous vous contenterez d'un jeune sportif qui ne songe qu'à ses tournois de tennis ou à ses matches de golf et de polo ! Croyez-vous qu'il aura un instant à vous consacrer en dehors de tout cela ?

Dina se raidit.

— Qui vous permet de me parler ainsi ?

Elle leva la main et le gifla de toutes ses forces. Soudain, elle le haïssait, cet homme qui se permettait de lui parler si ouvertement.

Il eut un sourire sardonique.

— Vous ne pouvez donc pas supporter d'entendre la vérité, Miss Caslyn ?

Elle prit sa tête entre ses mains.

— Oh, taisez-vous ! Et laissez-moi... Que vous ai-je fait pour que vous veniez ainsi me torturer ?

— Tout de suite des grands mots... Ce que vous m'avez fait ? Vous le savez aussi bien que moi...

— Vous voulez vous venger parce que je ne suis pas allée à ce stupide rendez-vous ! La vengeance, c'est quelque chose d'horrible...

Elle frissonna.

— Pour vous, le principe « œil pour œil, dent pour dent » est toujours valable ?

— Je ne suis pas de ceux qui tendent l'autre joue quand on les a giflés d'un côté, Miss Caslyn.

Elle avala sa salive, soudain honteuse. Entre ses cils baissés, elle contempla son profil. C'était un profil de médaille romaine...

— Vous pouvez me parler sincèrement, Dina ! poursuivit-il plus doucement. Dites-moi tout ce qui vous passe par la tête... N'en avez-vous pas envie ?

Elle secoua la tête.

— Je... je n'ai rien à vous dire.

Une longue pause s'établit. Raf Ventura fut le premier à reprendre la parole.

— Dina, vous rendez-vous seulement compte de l'effet que vous produisez sur les hommes ?

Elle haussa les épaules.

— Qu'un homme comme vous ait envie de m'avilir ; je n'en ai aucun doute. Votre vengeance serait complète ainsi, n'est-ce pas ? Vous voulez me faire du mal, je le devine. Vous me détestez car vous ne pouvez pas supporter ce que je représente : Ce monde dont l'accès vous est interdit ! Mais vous ne parviendrez pas à m'abaisser à votre niveau, monsieur Ventura ! Je préférerais mourir plutôt que...

— On ne meurt pas si facilement !

— J'irais sur la plage, j'entrerais dans l'eau, et je marcherais jusqu'à...

Elle s'interrompit en pensant à son père qui avait nagé droit devant lui, jusqu'au large, jusqu'à ce que ses forces l'abandonnent.

— Vous savez nager ! Je vous ai vue dans la piscine du *Sun Tower* !

— On peut se noyer lorsqu'on sait nager... Il suffit de se trouver trop loin du rivage, fit-elle d'une petite voix lointaine.

Il la regarda avec curiosité.

— Bien sûr... admit-il. Mais on peut aussi se faire dévorer par un requin ! Ils ne manquent pas sur nos côtes.

Dina recula d'un pas, soudain très pâle.

— Je vous en prie, ne parlons plus de cela !

Ses prunelles s'étaient élargies.

— Je vous ai longuement observée pendant la semaine que vous avez passée au *Sun Tower*, murmura Raf Ventura.

Elle détourna la tête. Ainsi, pendant qu'elle prenait des vacances sans souci, cet homme était aux aguets, tapi dans l'ombre comme... comme un tigre ! Oui, elle en revenait de nouveau à cette comparaison...

— Vous étiez tellement distinguée, distante, réservée... Bella Rhinehart peut être fière de son œuvre ! Sa filleule sera une parfaite épouse pour le fils du Sénateur Bigelow !... Nous avons mené des vies tellement différentes, vous et moi ! J'ai d'abord été plongeur. Puis serveur... Et à force de travail, j'ai réussi à réaliser mon rêve : devenir propriétaire d'une chaîne d'hôtels de grand luxe.

— Donc vous êtes arrivé au but !

— J'ai un autre but... Celui-ci, je ne l'ai pas encore atteint !

Il crispa les mâchoires et se tourna vers la véranda.

— Y a-t-il encore du café chaud ? Puis-je vous demander de m'en offrir une tasse ?

Elle hésita un instant.

— Et après cela vous partirez ?

— Entendu.

Elle se dirigea vers la table où une femme de chambre avait disposé son petit déjeuner.

Raf la suivit...

Elle tâta la cafetière d'argent et hocha la tête.

— Le café est encore chaud... Mais je vais sonner pour demander une tasse !

— Inutile, Dina. Je boirai dans la vôtre...

Les lèvres pincées, elle remplit sa propre tasse.

— Je le prendrai noir avec un seul morceau de sucre, ajouta-t-il.

Elle obéit. A quoi bon protester ? A cet instant, et dans sa propre demeure, elle se sentait entièrement en son pouvoir.

Sous la véranda meublée de fauteuils en osier et de coussins fleuris assortis aux rideaux de chintz, Ral Ventura, par contraste, paraissait encore plus brun, plus *masculin*...

Elle lui tendit la tasse, et, sans hâte, il tourna la cuiller pour faire fondre le sucre, tout en regardant autour de lui.

Quelques tapis précieux étaient jetés sur le parquet de chêne ciré. Et au-dessus de la cheminée était suspendu un portrait représentant une jeune fille assise au milieu d'un champ de blé plein de coquelicots et de bleuets. Elle portait une robe couleur pastel, sur laquelle tombaient ses cheveux d'or pâle. Ses yeux aussi étaient dorés.

— Comme elle est belle ! remarqua-t-il. Elle vous ressemble, Dina... Et pourtant ce tableau a été peint il y a plus de cent ans !

Les joues de la jeune fille étaient cramoisies.

— Ma marraine a acheté ce portrait parce qu'elle a également trouvé que je lui ressemblais... Elle l'a découvert en Europe, au cours d'une vente aux enchères.

Raf Ventura étudiait le portrait tout en dégustant son café à petites gorgées.

— Elle a des yeux couleur d'ambre elle aussi. Dommage que vous ayez les cheveux courts... Vous devriez les laisser pousser, comme elle !

— Je les ai eu plus longs, mais ce n'est pas très pratique pour monter à cheval ou pour nager...

— C'est pourtant tellement joli, une longue chevelure qui flotte au vent comme la crinière d'un cheval alezan...

Il se tourna vers elle.

— Je possède une jument alezane très rapide. L'année prochaine, j'ai l'intention de la mettre sur les champs de courses. Vous devriez venir la monter un jour...

— Non, monsieur Ventura.

— Pourquoi « non » ?

— Parce que ce ne serait pas raisonnable.

— A votre âge, vous avez tort de parler ainsi ! Vous avez justement l'âge d'être déraisonnable ! Vous êtes au printemps de votre vie, Dina ! Et vous réagissez comme si... comme si vous étiez déjà en automne !

Il la fixa un instant d'un air pensif :

— Quand vous serez vraiment à l'automne de votre existence et que vous regarderez en arrière, vous regretterez de ne pas avoir vécu !

Elle se mordit la lèvre inférieure. Soudain, elle sentait en elle un étrange appétit de vivre...

Cet homme savait parler aux femmes comme aux chevaux. Au début, elle avait eu envie de se cabrer tel un pur-sang rétif... Maintenant elle se sentait dominée, maîtrisée par cette main de fer si habile.

Il allait et venait dans la véranda, s'arrêtant devant un objet d'art ou une porcelaine précieuse...

— J'aime les chevaux, commenta-t-il comme s'il avait deviné ses pensées. Je les préfère encore aux femmes ! Et ils demandent beaucoup moins d'attention... Une litière de paille fraîche, une bonne ration de foin et d'avoine, un grand galop en plein air, et de temps en temps une carotte, un morceau de sucre ou une caresse !

Il hocha la tête.

— Les femmes sont infiniment plus exigeantes ! Elles veulent tout : de l'argent, des égards ! Et que donnent-elles en retour ?

Il ricana.

— Bien peu de choses en réalité ! Pour tout arranger, elles engraissent et s'abêtissent en prenant de l'âge. A moins qu'elles ne se lancent dans le monde des affaires et s'endurcissent. Ce qui ne leur réussit pas non plus !

— Vous avez une bien piètre opinion des femmes ! Comme vous les méprisez !

— Du mépris ? Non. De la lucidité, plutôt...

Il examinait maintenant une statuette d'ivoire en provenance d'Extrême-Orient.

— Quels sont mes passe-temps ? En dehors de mon travail, je m'intéresse à l'équitation. Et il m'arrive d'aller pêcher le barracuda.

Bien sûr, si cet homme s'adonnait au plaisir de la pêche, c'était seulement pour se mesurer à l'un de ces grands poissons dangereux...

Mais elle ne pouvait pas croire qu'il se désintéressait des femmes. Au contraire ! Cela se voyait tout de suite... A la manière dont il la regardait, elle. Et aussi à la façon sensuelle qu'il avait de caresser les objets d'art.

Il avait maintenant terminé son café et ne semblait pas pressé de partir.

Or Bella ne pouvait plus tarder maintenant !

— Vous avez certainement beaucoup à faire, monsieur Ventura... commença-t-elle.

— Certes.

— Vos employés doivent attendre vos ordres au *Sun Tower,* poursuivit-elle presque désespérément.

Il sourit.

— Avez-vous aimé cet hôtel ? J'en suis fier...

— Il est très beau, admit-elle.

— Oui, il est très beau, avec ses terrasses blanches dominant la mer et ses merveilleux jardins. Mais il ne faut pas que je me vante trop !

— Pourquoi pas ?

— En Italie, on dit que, si l'on s'attache démesurément à quelque chose ou à quelqu'un, les dieux risquent de vous l'arracher...

— Seriez-vous superstitieux ?

— Pas vraiment.

Il haussa les épaules et eut un geste indifférent. Dina s'impatientait de plus en plus.

— Je vous en prie, partez maintenant !

Il se contenta de lui sourire, sans bouger d'un pouce.

Elle se tordit les mains, soudain paniquée. A aucun prix, il ne fallait que sa marraine le trouve ici !

— Vous aviez promis que vous vous en iriez après avoir bu votre café !

Il jouait avec sa cravache.

— Vous ne tenez pas vos promesses, Dina. Pourquoi devrais-je tenir les miennes ?

La jeune fille avala sa salive, l'oreille soudain aux aguets. Dans le couloir menant à la véranda résonnaient les hauts talons de Bella...

— Voici ma marraine, chuchota-t-elle.

Elle avait plus ou moins espéré que Raf Ventura s'enfuirait. Mais il n'était pas homme à agir ainsi. Il demeura immobile, son expression impénétrable.

Bella Rhinehart fit son entrée sous la véranda. C'était une femme d'une cinquantaine d'années parfaitement coiffée et maquillée. Elle portait un tailleur de soie et des chaussures en crocodile.

Elle avait toujours eu l'habitude de tout mener

autour d'elle. Et son mari, qui était un faible, s'était laissé dominer comme les autres...

Plusieurs fois, Dina s'était demandé si sa marraine n'aurait pas préféré épouser un homme plus fort qu'elle. Un homme auprès duquel elle se serait sentie protégée...

Raf Ventura fixait la nouvelle arrivante droit dans les yeux. Si elle s'était écoutée, Dina se serait enfuie dans le jardin...

Elle ne voulait pas assister à ce duel qu'elle pressentait entre les deux personnes les plus autoritaires qu'elle connaissait au monde.

Bella Rhinehart soutint le regard de ce visiteur inconnu. Puis elle haussa un sourcil.

— Nous connaissons-nous ? demanda-t-elle de sa voix froide aux intonations presque sèches.

— Je ne le crois pas, répondit-il sur le même ton.

Bella le toisa. Rien n'échappa à son regard... En un seul coup d'œil, elle enregistra tout... Depuis la veste d'équitation bien coupée jusqu'aux hautes bottes impeccablement cirées.

— Les gardiens ont la mission de m'avertir dès qu'un visiteur se présente au portail, déclara-t-elle. Or nul ne m'a prévenue de votre arrivée.

Elle se tourna vers sa filleule :

— Qui est-ce ?

Dina s'efforça de rester calme et d'une voix qui tremblait à peine, elle parvint à dire :

— J'ai fait la connaissance de M. Ventura, la semaine dernière au country-club.

Elle évita d'ajouter que l'Italien était simplement venu voir le secrétaire du club pour l'organisation de détails pratiques...

— Vous êtes un nouveau membre du country-club ? s'enquit Bella d'un ton dubitatif.

— Sûrement pas ! s'exclama-t-il, sarcastique. J'ai

autre chose à faire qu'à perdre mon temps dans cette pépinière de jeunes oisifs !

Bella se raidit, visiblement choquée.

— J'avais tout simplement une affaire à traiter avec le secrétaire du club, ajouta Raf Ventura. Voilà pourquoi je m'y étais rendu.

— Ah ? fit Bella d'un ton qui n'augurait rien de bon.

— Eh oui, c'est ainsi ! lança-t-il avec insolence.

Elle le fixa droit dans les yeux.

— Et puis-je savoir pourquoi vous vous êtes introduit chez moi sans être invité ? Ma filleule sait parfaitement qu'elle ne peut recevoir personne ici sans mon approbation.

— Ainsi, Dina doit vous rendre des comptes ? Ses amis doivent forcément vous plaire ?

— Si j'agis ainsi, fit Bella avec une certaine impatience, c'est pour son bien. Elle est trop jeune et trop inexpérimentée pour être capable de faire un choix sensé.

— Et il faut qu'elle se méfie des hommes, n'est-ce pas ? railla-t-il.

Il en fallait plus pour démonter Bella Rhinehart.

— Que faites-vous dans la vie, monsieur... Ventura, je crois ? demanda-t-elle avec hauteur.

— Je possède une chaîne d'hôtels et de restaurants. Entre autres...

Il s'inclina légèrement.

— Vous avez séjourné dans l'un de mes hôtels à Las Palmas en compagnie de votre filleule, madame Rhinehart ! Au *Sun Tower*...

Elle hocha la tête affirmativement. Mais elle n'était pas radoucie pour autant.

— Est-ce ma filleule qui vous a invité à Satanita ? s'enquit-elle, toujours du même ton sec.

Dina se mordit la lèvre inférieure, inquiète du tour que prenait la conversation.

— Ou bien avez-vous eu l'audace de venir jusqu'ici sans y avoir été prié ? ajouta Bella.

Un sourire sardonique détendit les lèvres sensuelles de Raf.

— Vous savez certainement, madame, que votre filleule est trop bien élevée — trop bien dressée, devrais-je dire —, pour prendre une quelconque initiative sans en référer à vous.

Faisant décrire à sa cravache un arc de cercle dans l'air, il lança :

— Je suis venu de moi-même.

Sans hâte, il regarda autour de lui.

— Jolie pièce, commenta-t-il. Décorée avec du goût... Mais elle perdrait beaucoup de caractère sans ce portrait au-dessus de la cheminée.

En quelques enjambées, il vint se planter devant et hocha la tête.

— Il me plaît. Serait-il par hasard à vendre ? demanda-t-il avec insolence.

Dina retint sa respiration. Bella tira nerveusement sur le cordon de sonnette.

— Un serviteur va vous reconduire. Je n'ai pas besoin d'ajouter, je crois, que je ne tiens pas à vous revoir ici.

Il haussa les épaules.

— Satanita est une bien belle maison... Mais pourquoi est-elle entourée de barreaux ? Comme une prison...

Il s'inclina devant Dina avec aisance.

— Peut-être nous verrons-nous à Santa Luisa au moment des courses de chevaux ? Je vous donnerai des tuyaux, si vous voulez ! En général, je gagne aux courses !

Sur ces mots, il adressa un rapide salut à Bella et sortit de la véranda. Sa monture était restée à l'endroit où il l'avait laissée...

D'un bond, il fut en selle, et, quelques instants plus

tard, le cheval noir avait disparu au grand galop, emportant son étrange cavalier.

Bella pinça les lèvres, visiblement fâchée de n'avoir pu faire jeter dehors par ses serviteurs l'insolent qui avait osé venir la narguer jusque chez elle.

Puis elle se tourna vers sa filleule.

— Pourquoi n'as-tu pas appelé Hudson ?

Comme la jeune fille ne répondait pas, elle ajouta en fronçant les sourcils :

— J'espère que tu ne l'as pas encouragé ! Ce genre d'homme est dangereux... Je ne voudrais pas qu'il arrive un scandale quelconque par sa faute ! Si les gens savaient que tu as quelque chose à faire avec cet Italien, ta réputation serait instantanément tachée...

Elle ne quittait pas Dina du regard. Cette dernière aurait aimé disparaître sous terre... Hélas, elle devait faire face !

— Ainsi, tu l'as rencontré au country-club. Pourquoi ne m'as-tu pas parlé de lui ? s'enquit encore Bella.

— Je... je n'ai pas pensé que c'était important, balbutia la jeune fille.

— Dina, tu ne dois rien me cacher ! Ne l'as-tu pas encore compris ? N'oublie pas que tu es mon héritière et que la fortune qui te reviendra un jour peut attirer les pires voyous !

— Raf Ventura n'est... n'est pas un voyou !

— Il a l'air d'un bandit ! Oh, Dina, pourquoi ne m'as-tu pas dit qu'il t'avait importunée au club, l'autre jour ? En as-tu seulement parlé à Bay ?

— Non... Je vous assure, Bella, cet épisode m'a paru insignifiant.

— Alors pourquoi cet homme est-il venu jusqu'ici ? Il faut que tu l'aies encouragé d'une manière ou d'une autre. Peut-être même sans t'en rendre compte !

Elle réfléchit rapidement.

— Il est arrivé par la plage, c'est la seule solution ! Je vais faire mettre des fils barbelés partout, et...

— Bella, non, je vous en prie ! supplia Dina. J'aime tellement aller à cheval jusqu'à la plage ! Cet homme ne reviendra jamais, j'en suis sûre. Il s'est bien rendu compte qu'il était loin d'être le bienvenu ici !

— Pour qu'il ait découvert ce chemin, il faut qu'il t'ait épiée. Cela ne me plaît pas du tout ! Je vais signaler tout ceci à la police. Imagine qu'il veuille te kidnapper !

— Bella !

Dina ne savait plus si elle devait rire ou pleurer. Brusquement, elle eut envie de s'emparer d'une des précieuses porcelaines anciennes et de la jeter contre le mur de toutes ses forces...

Comment sa marraine pouvait-elle envisager de barricader les bois à l'aide de fils barbelés ? Et l'empêcher ainsi d'aller galoper à perdre haleine avec son cheval Major ?

— Voyons, Bella ! Si cet homme avait l'intention de me kidnapper, vous pensez bien qu'il ne se serait pas montré à visage découvert !

Bella ordonna au maître d'hôtel qui attendait respectueusement à la porte de donner des instructions aux gardiens afin qu'on ne fasse jamais entrer un certain Ventura, si jamais ce dernier avait l'audace de se présenter au portail.

— Apportez-moi un peu de café et des croissants, ajouta-t-elle.

— Bien, madame.

Il disparut, et Bella secoua la tête d'un air navré.

— On ne pourra pas empêcher les serviteurs de jaser maintenant ! soupira-t-elle.

Dina ne put se retenir de penser que sa marraine

faisait un bien grand drame à propos de peu de chose !

Son mari était mort de nombreuses années auparavant, emporté par une avalanche dans les Alpes Suisses, où il était allé skier. Jamais Bella ne s'était remariée... Mais sa filleule la soupçonnait d'avoir nourri un tendre sentiment à l'égard de son père. Sinon, pourquoi se serait-elle chargée d'elle après la mort de ce dernier ?

— Ma chère petite Dina, reprit Bella. Tu sais que j'ai toujours désiré que tout soit parfait pour toi. Ce n'est pas un restaurateur italien — un homme qui joue aux courses, qui plus est ! —, qui pourra jamais t'apporter le bonheur !

Son regard durcit.

— Je suis ta tutrice légale. Et je ne veux pas qu'il t'arrive d'ennuis... Si je surprends de nouveau cet individu à tourner autour de toi, je le ferai envoyer en prison. Tu sais que j'ai assez d'influence, ici, pour faire mettre un homme sous les verrous ?

— Oui...

Dina frissonna.

— Mais il ne faut pas exagérer l'importance de cet incident, Bella ! Ce n'est pas parce que cet homme est d'origine italienne qu'il fait partie de la Maffia !

— On ne sait jamais ! s'exclama Bella avec un grand geste de la main.

Les nombreuses bagues dont étaient chargés ses doigts étincelèrent dans un rayon de soleil.

— Quand je pense qu'il a proposé de te donner des tuyaux pour gagner aux courses ! Dina, cet homme n'est pas de notre monde ! Je t'ai pourtant appris à traiter les gens de cette sorte...

— Avec un maximum de froideur.

— Exactement. Après tout ce que j'ai fait pour toi, je m'étonne que tu te conduises ainsi. Je suis très fière de toi, mais je ne t'ai pas élevée comme une fleur rare pour que tu tombes entre les griffes d'un type comme ce Ventura !

Dina crispa ses mains l'une contre l'autre. Pour que sa marraine perde ainsi le contrôle d'elle-même et parle avec aussi peu de retenue, il fallait qu'elle soit très en colère... Même si cela ne transparaissait guère sur son visage.

— Sais-tu pourquoi ton père a été ruiné, Dina ? Parce qu'il s'était lié d'amitié avec des hommes louches !

Elle éleva la voix.

— Dina, tu m'écoutes ?

— Oui, bien sûr, Bella ! assura la jeune fille.

— Je ne voudrais pas voir ton existence détruite... comme celle de ton père. Comprends-tu ce que je veux dire ?

Dina hocha la tête affirmativement.

— Si ce Ventura a le front de t'approcher de nouveau, avertis-moi immédiatement. Et je le mettrai hors d'état de nuire.

Elle prit sa filleule par le menton et l'obligea à relever la tête.

— Est-ce clair ?

Dina frissonna.

— Oui, Bella, murmura-t-elle.

Sa marraine avait des amis très hauts placés. Elle était tout à fait capable de mettre sa menace à exécution. On trouvait toujours un motif quelconque pour envoyer un homme en prison si l'on y était déterminé... Une banale infraction au code de la route pouvait être un prétexte !

— Tu ne le reverras pas, n'est-ce pas ? insista Bella.

— Non, bien sûr...

— Sinon, je t'interdirai de sortir de ta chambre !

— Ce n'est pas moi qui l'ai invité ici ! s'exclama la

jeune fille avec indignation. Pourquoi me traitez-vous comme si j'étais en faute ?

— Tu l'as certainement encouragé. Peut-être inconsciemment...

— Pas du tout !

— Alors comment expliques-tu cette visite ? Il a bien fallu que tu...

— Bella, je ne flirte jamais ! Vous le savez !

— J'ai bien connu ton père. Et l'atavisme reste le plus fort, hélas ! L'éducation que je t'ai donnée n'empêchera jamais que tu seras toujours sa fille. La fille d'un homme trop faible qui a complètement raté sa vie... Je ne veux pas que tu suives ses traces, Dina ! Je suis prête à prendre les mesures qui s'imposent pour éviter un tel fiasco !

La jeune fille parvint à rester calme.

— Bella, vous savez parfaitement que vous pouvez m'accorder votre confiance. Je vous suis infiniment reconnaissante pour tout ce que vous avez fait pour moi. Mon père était un irresponsable, je ne l'ignore pas. Que serais-je devenue s'il avait vécu et si j'avais grandi à ses côtés ?

Elle soupira.

— Mais cela me fait mal de penser qu'il s'est suicidé... J'aurais dû empêcher cela !

— C'était impossible. Il n'avait pas assez de courage pour lutter... La vie lui pesait trop. J'ai réussi à lui éviter la prison, mais il se savait recherché par des hommes dangereux. Des hommes qui lui en voulaient à mort parce qu'ils estimaient qu'il les avait trahis.

Elle marqua une pause avant de déclarer en pesant ses mots :

— Ces hommes, c'étaient des Italiens de la Maffia !

« Raf Ventura ne fait pas partie de la Maffia, lui ! » avait envie de protester Dina. Cependant, elle se tut. Que savait-elle, en effet, de son étrange visiteur pour prendre ainsi sa défense ?

Une femme de chambre en uniforme apporta un plateau d'argent sur lequel étaient disposés une cafetière, une tasse et des croissants.

— Merci, Lilian, fit Bella. Voulez-vous demander à Norwich d'amener la voiture à dix heures et demie ? Je dois aller en ville.

— Oui, madame.

La femme de chambre disparut. Dina se mordit la lèvre inférieure en se demandant pourquoi sa marraine voulait sortir si tôt. D'ordinaire, elle passait la plus grande partie de la matinée dans la serre où poussaient de précieuses orchidées...

— Veux-tu un peu plus de café ? demanda Bella.

Elle fit mine de remplir la tasse dans laquelle Raf Ventura avait bu un peu auparavant...

— Non, merci ! s'empressa de dire la jeune fille.

Elle marqua une légère hésitation avant de demander :

— Bella, puis-je aller en ville avec vous ? Je voudrais voir si mes nouvelles bottes de cheval sont prêtes.

Bella reposa sa tasse.

— Si tu le souhaites.

De nouveau, un silence pesa. La marraine de Dina fut la première à le rompre.

— Tu te demandes pourquoi je vais en ville ce matin, n'est-ce pas ? Eh bien, j'ai l'intention de rendre visite à Ralph Quinton et de le prier d'enquêter au sujet de ce Ventura...

Son visage durcit.

— Crois-tu que je t'aie élevée avec tant de soin pour voir mon œuvre détruite par un individu de ce genre ?

— Bella...

— J'y vois clair, tu sais ! Je connais tes sentiments

à l'égard de Bay... Tu l'aimes bien, mais c'est loin d'être le fol amour !

Elle eut un haussement d'épaules méprisant.

— Qu'est-ce que l'amour ? Une tempête qui en se retirant te laisse brisée... J'en sais quelque chose ! acheva-t-elle avec une intense amertume.

— Bella, faites-moi confiance ! insista la jeune fille. Il est inutile d'aller voir Maître Quinton !

Elle devinait que si Raf Ventura se sentait menacé, il pouvait devenir dangereux.

— Oublions cette fâcheuse visite ! poursuivit-elle. Je suis sûre que cet homme n'osera plus jamais se montrer ici... Et nous évoluons dans des mondes tellement différents qu'il y a bien peu de chances pour que je le rencontre une nouvelle fois.

Elle frissonna.

— Si le hasard nous remettait en présence, je l'éviterais, croyez-moi !

Bella prit un croissant et, les yeux rétrécis, examina sa filleule.

— Il te fait peur ?

Dina secoua la tête et un rayon de soleil fit briller la masse soyeuse de ses cheveux pâles.

— Pas vraiment... Mais j'ai été furieuse lorsque j'ai découvert qu'il avait utilisé *mon* chemin !

Elle crispa les poings.

— Je ne veux plus le revoir ! Et il le sait, Bella !

Cette dernière réfléchissait. De toutes ses forces, Dina espérait qu'elle abandonnerait le projet d'aller consulter un avocat. La jeune fille pressentait qu'une telle démarche amènerait infailliblement Raf Ventura à des représailles.

Des représailles terribles, car il était certainement de tempérament vindicatif !

Dina détestait faire souffrir... Quand une chasse à courre était prévue — comme d'ici quelques jours, par exemple —, elle la suivait sans protester. Mais si elle adorait galoper à travers la campagne, elle détestait la chasse, et elle espérait toujours que le renard échapperait à la meute...

Elle se sentit soudain aussi menacée que l'animal qui tentait de fuir les chiens et les cavaliers lancés à ses trousses. Car si Bella attaquait Raf Ventura, ce serait contre elle que ce dernier se retournerait. Et à cause de son père et du scandale qui était resté attaché à son nom, elle était infiniment vulnérable.

Bella devina-t-elle ses pensées ? Peut-être car, sans enthousiasme, elle se rendit enfin à ses arguments.

— Bien... admit-elle un peu à regret. Je n'irai pas voir Ralph Quinton... Mais attention, Dina ! Je tiens à ce que ton mariage avec Bay ait lieu ! Pour toi, ce sera l'acceptation définitive par la haute société de Pasadena.

Elle l'enveloppa d'un regard satisfait.

— Tu es très jolie et distinguée. Dans quelques années, tu seras une jeune femme éblouissante... Peut-être pourras-tu décider Bay à se lancer dans la politique. Et qui sait ? Dans notre pays, tout est possible !

Avec un soupir, elle ajouta :

— Ah, que n'aurais-je donné pour épouser un politicien ! Je l'aurais porté aux plus hautes responsabilités !

— A la présidence ? lança Dina en riant.

— Pourquoi pas ?

La jeune fille se sentait intensément soulagée, maintenant que sa marraine avait renoncé à lancer une « meute » sur Raf Ventura.

Elle sourit et se détendit enfin. Depuis que l'Italien était apparu dans l'une des allées de Satanita, elle était restée contractée...

« Oh, pourvu que je ne le revoie jamais ! » pria-t-elle intérieurement.

— Puisque j'ai demandé la voiture, déclara Bella,

tu peux l'utiliser et aller voir en ville si tes bottes sont prêtes.

Elle eut un hochement de tête satisfait.

— Je suis contente que tu montes à cheval et que tu suives les chasses, Dina. Tu es très élégante en tenue d'équitation, ce qui n'est pas le cas de toutes les femmes !

Elle se versa une autre tasse de café, tout en étudiant sa filleule d'un air critique.

Dina était ravissante, avec ses pommettes hautes, son visage légèrement triangulaire, ses cheveux d'une nuance si spéciale et ses yeux couleur d'ambre...

— Tu ressembles à un chat, parfois, murmura Bella. Nous ne sommes guère semblables, n'est-ce pas ? Tu es très sensible — trop, peut-être. Par moments, je me dis que j'aimerais l'être aussi. Mais au fond, je préfère ma... ma dureté naturelle. Car le monde est une jungle et il faut savoir se défendre...

Son regard s'évada.

— Mais Bay sera là pour te protéger. Cependant, fais attention ! Ne cherche pas à explorer la jungle !

Dina se leva et alla embrasser sa marraine.

— Merci, murmura-t-elle.

Bella parut surprise.

— De quoi ?

Dina rougit. De quoi, en effet ? Elle avala sa salive en réalisant que si elle remerciait sa marraine, c'était pour avoir décidé d'oublier Raf Ventura... Mais elle ne pouvait pas avouer cela !

— Merci d'être... d'être si bonne pour moi, balbutia-t-elle. Si vous n'aviez pas été là, qui se serait chargé de la fille de Lewis Caslyn ?

— Ne regarde pas en arrière, Dina. Songe plutôt à l'avenir... Pense au jour où tu sortiras de l'église au bras de Bay, toute vêtue de soie blanche !

Et, d'un air soucieux, elle murmura :

— Il va falloir commencer les préparatifs... Un

grand mariage représente beaucoup de travail ! Tout d'abord, nous choisirons ta robe. N'oublie pas que tu la porteras avec des diamants !

— Des diamants ?

— Mamie Bigelow m'a appris que Bay songeait à acheter les diamants de Tyler-Brandon...

Elle eut un sourire satisfait.

— Tu seras étincelante le jour de ton mariage, si tu portes ce merveilleux diadème et le collier assorti ! N'es-tu pas émue à cette perspective ?

Il était certain que l'idée de son mariage émouvait la jeune fille, et ce fut avec sincérité qu'elle acquiesça.

Pourtant, la soie blanche et les diamants étaient les symboles d'un amour qu'elle n'éprouvait pas vraiment...

Mais jamais elle ne ferait de peine à Bay. Jamais elle ne le tromperait, jamais elle ne le décevrait. Elle serait une épouse parfaite. Elle était prête à tout pour cela.

Elle consulta sa montre et constata qu'il était déjà plus de dix heures et demie.

— Je pars, Bella ! A tout à l'heure !

La voiture attendait devant le perron. C'était une somptueuse limousine à la carrosserie étincelante, dont le chauffeur se précipita pour ouvrir la portière.

— Madame a changé d'avis, Norwich, annonça Dina. C'est moi qui vais en ville à sa place !

Il lui sourit. Comme tous les autres membres du personnel, il était tout dévoué à la jeune fille, qu'il considérait comme la fille de Bella Rhinehart.

— Quelle belle matinée, Miss Dina ! s'exclama-t-il. Quel chemin voulez-vous prendre ? L'autoroute ou la corniche ?

— La corniche, s'il vous plaît !

Tandis que la voiture l'emmenait, Dina regardait

défiler le paysage sans vraiment le voir. Elle était trop absorbée par ses pensées pour cela...

L'attitude de Bella l'avait quelque peu étonnée. Elle adorait sa marraine et, jusqu'à présent, elle ne s'était pas posé de questions. Aujourd'hui, elle se sentait un peu en porte à faux sans trop comprendre pourquoi.

Elle avait l'impression d'avoir été traitée comme une petite fille. Mais n'était-ce pas ainsi que Bella l'avait toujours considérée ?

Or elle n'était plus une enfant, mais une adulte ! Une adulte dont le cœur se gonflait d'aspirations inconnues...

Ce matin-là, elle ne se reconnaissait plus. Que lui arrivait-il ? Pourquoi était-elle aussi inquiète, aussi impatiente et mal à l'aise ?

Le luxueux véhicule se lança à l'assaut de la route de la corniche. En contrebas, l'océan étincelait sous le soleil. De l'autre côté, les collines aux couleurs d'automne moutonnaient sans fin.

Un instant, l'image de Raf Ventura s'imposa à la jeune fille qui se raidit.

« Non ! » songea-t-elle. « Je ne veux plus penser à lui... Plus jamais ! »

3

Les chevaux galopaient à travers la campagne derrière la meute... On aurait cru une gravure d'époque prenant soudain vie, tant il y avait de couleurs et de mouvements.

Dina, délibérément, restait en arrière, retenant son cheval gris. Ce dernier aurait voulu dépasser les autres, rejoindre la meute hurlante qui filait entre les buissons, là-bas...

Mais elle pesait sur les rênes.

— Non, Major... non !

Sa marraine lui avait offert ce cheval plusieurs années auparavant, alors qu'il n'était encore qu'un poulain. Elle s'était toujours occupée de lui, c'était elle qui l'avait dressé, et il existait entre l'animal et sa jeune cavalière une entente toute particulière.

C'était surtout à cause de Major qu'elle chassait à courre. Le grand cheval gris adorait galoper à travers la campagne, et les chasses étaient l'occasion d'interminables chevauchées.

Dina le retint encore.

— Attends un peu, Major...

La meute était déjà loin, suivie par les cavaliers. L'intention de Dina était de prendre une direction opposée à la leur. Quand elle retrouverait ses amis elle prétendrait s'être trompée de direction...

Ce qu'elle voulait éviter à tout prix, c'était la curée !

Le soleil dorait les champs. Le bruit des fers qui frappaient les cailloux du chemin s'éloignait déjà...

Un sourire détendit le visage de Dina. Elle tourna bride.

— Maintenant, allons-y, Major !

Elle pressa légèrement les flancs de l'animal qui partit comme une flèche, au grand galop. Elle se pencha sur l'encolure, saisie par l'excitation de la course.

— Plus vite encore ! Plus vite !

Le grand cheval filait droit devant lui, loin des aboiements furieux de la meute lancée à la poursuite d'un malheureux renard...

— Nous leur avons faussé compagnie ! s'exclama-t-elle joyeusement. Personne n'a fait attention à nous !

Les cavaliers étaient bien trop pris par la chasse pour songer à se retourner ! Quant à Bay, il se tenait comme à l'ordinaire au premier rang, à côté du maître des chiens.

A ces instants-là, il était loin de penser à sa fiancée ! Il savait qu'elle suivait derrière, au milieu du groupe de cavaliers... Plus tard, il lui demanderait si la chasse lui avait plu. Elle espérait alors qu'elle aurait rejoint les autres. Si la chance lui souriait, nul n'aurait remarqué son absence !

— Quel bon galop ! lui répondrait-elle.

Et il se contenterait de cette réponse, persuadé qu'elle parlait de la chasse...

Il ignorait à quel point Dina détestait ce sport sanguinaire. Tout le monde l'ignorait... Jamais elle n'avait confié à qui que ce soit l'horreur intense qu'elle éprouvait quand les chiens forçaient le renard.

Le bruit du galop de Major résonnait à ses oreilles

comme une musique bien rythmée. Le puissant cheval allait à longues foulées, et elle accompagnait parfaitement ses mouvements.

Elle ne vit qu'au dernier moment la barrière qui fermait le chemin. Déjà, Major avait pris son élan pour la franchir. Mais, surprise, Dina perdit l'équilibre. Elle devina qu'elle allait être désarçonnée et, vivement, ôta ses étriers.

Ejectée de la selle sans douleur, elle effectua un long vol plané avant d'atterrir un peu plus loin, sur un matelas de feuilles mortes qui adoucit heureusement sa chute.

Elle s'était fait mal au coude, mais elle n'avait pas le temps de s'occuper d'elle... Il fallait qu'elle appelle Major qui s'éloignait au petit trot !

Elle siffla. Un sifflement particulier que le cheval connaissait bien et qui, d'ordinaire, le faisait s'immobiliser.

Mais cette fois, il parut ne pas l'entendre et poursuivit sa course.

Dina se mit debout et, tout en frottant son coude douloureux, l'appela :

— Major !

Elle siffla de nouveau, sans que le cheval change d'allure... Alors la colère la gagna et elle frappa du pied.

— Par exemple ! Major !

— Cela ne sert à rien de se mettre en colère, remarqua une voix masculine toute proche.

Dina se figea sur place. A quelques pas d'elle se tenait l'homme qu'elle pensait ne jamais revoir...

— Vous ! s'exclama-t-elle, stupéfaite.

— Eh oui, *signorina !*

Il s'inclina moqueusement, puis en se redressant, examina la chevelure en désordre de la jeune cavalière et son visage maculé de boue et de poussière.

— Vous m'avez suivie ! accusa-t-elle rageusement.

De la main, elle s'essuya la figure, tout en tapant de nouveau du pied.

— Vous m'avez suivie ! répéta-t-elle.

Il haussa les sourcils. Dans l'ombre du sous-bois, il paraissait presque sinistre.

— Tiens donc ! lança-t-il seulement d'un ton railleur.

— Je me sens comme... comme un gibier traqué !

— Simplement ? interrogea-t-il, sarcastique. Vous vous trompez, ma chère.

Elle haussa brusquement les épaules.

— Dans ce cas, pourquoi apparaissez-vous ici ? Comme par magie ! Je...

— Vous ne croyez pas à la magie ? coupa-t-il.

Il sourit et parut soudain moins inquiétant.

— J'ai entendu la chasse au loin, admit-il. Je pensais que vous suiviez la meute aux côtés de votre fiancé, en attendant impatiemment l'instant de la curée...

Elle frissonna.

— Je déteste cela !

Avec son mouchoir, elle acheva de se nettoyer le visage, puis elle entreprit de brosser sa veste d'équitation et sa longue jupe d'amazone.

Raf Ventura ôta une feuille sur son épaule et elle eut un mouvement de recul.

— Je peux me débrouiller seule !

— Vous êtes-vous blessée en tombant ?

— Qu'est-ce que cela peut vous faire ? rétorqua-t-elle avec mauvaise grâce.

Il la considéra d'un air soucieux.

— Vous avez mal au coude, insista-t-il.

Elle haussa les épaules.

— Ce n'est rien. J'ai déjà vidé mes étriers et cela m'arrivera probablement encore !

Elle se redressa fièrement, lui faisant face. Avait-elle peur de cet homme ? Elle n'aurait su le dire...

Pourtant elle se trouvait seule avec lui au milieu des bois. Loin de tout...

— Ainsi, vous n'aimez pas la curée ! remarqua-t-il d'un air songeur. Pourtant, la chasse à courre est un sport apprécié parmi cette élite dont vous faites partie !

Il fit une petite grimace.

— Songez, quelle merveilleuse distraction ! Traquer jusqu'à épuisement un malheureux animal ! Lancer à sa poursuite une meute assoiffée de sang ! Vous a-t-on jamais fait les honneurs de la queue du renard ?

Elle se raidit. Oui, une fois, Bay la lui avait apportée triomphalement... Ce seul souvenir la remplissait d'horreur.

— Et vous, quelles sont vos distractions ? s'enquit-elle avec agressivité. Ce sont les femmes que vous chassez ?

Il sourit.

— C'est un sport plus humain ! Car la femme n'a pas à payer sa conquête de sa vie !

— Ah bon ! Vous ne les scalpez pas ? Vous ne suspendez pas leurs chevelures à la tête de votre lit ? s'entendit-elle demander.

Elle regretta ses paroles aussitôt après les avoir prononcées. Mais il était trop tard pour les rattraper... Au lieu de se fâcher, Raf Ventura éclata de rire.

— Cela me fait plaisir de vous entendre parler ainsi !

Démontée, elle fronça les sourcils.

— Pourquoi ?

— Parce que cela prouve, tout simplement, que vous êtes vivante ! Et non de glace comme je l'avais un instant craint !

Il s'adossa à un tronc d'arbre. Il portait un costume sport très bien coupé en velours côtelé brun.

— Comment osez-vous me suivre ? s'enquit Dina à mi-voix. Que... que me voulez-vous ?

— Je ne vous ai pas suivie. C'est vous, au contraire, qui...

— Oh ! s'exclama-t-elle avec stupeur.

— Vous n'êtes plus en forêt domaniale, Miss Caslyn. Vous vous trouvez sur une propriété privée.

Elle secoua négativement la tête.

— Ces bois appartenaient à M. Penrose. Mais depuis sa mort, voici maintenant une bonne douzaine d'années, ils n'ont pas encore trouvé acquéreur. A l'exception d'un spéculateur qui voulait les lotir !

— Vous vous trompez. La propriété a été vendue. Et la maison sera occupée une fois qu'elle aura été remise en état.

Dina agrandit les yeux.

— Vous plaisantez ! s'exclama-t-elle.

— Pas du tout.

— La maison des Penrose est énorme ! Il faudrait une fortune pour la moderniser ! Qui, à notre époque, voudrait prendre en charge une telle propriété ?

Elle leva les yeux vers lui, et un pressentiment s'empara d'elle.

C'était cet homme, devina-t-elle, qui avait acheté le manoir des Penrose...

Cette vaste demeure, isolée au milieu des bois, avait eu son temps de splendeur une cinquantaine d'années auparavant. Mais depuis la mort de ses derniers occupants, elle avait été fermée, et il était probable que le temps y avait fait des ravages.

Adam Penrose et sa femme n'avaient guère d'amis dans la région. On disait que Mme Penrose était un peu folle... Elle passait son temps dans le jardin et chantait d'étranges mélodies dans une langue inconnue.

Personne n'aurait jamais imaginé que leur

demeure, qu'on appelait le *Manoir du Challenge*, serait un jour de nouveau occupée.

Raf Ventura alluma un petit cigare à l'aide de son briquet, et un nuage de fumée bleue dissimula un instant ses traits avant de s'élever dans le ciel à travers les feuillages.

— Vous croyez que personne ne voudrait habiter cette maison ? demanda-t-il.

— A cause des frais à entreprendre.

N'en pouvant plus de curiosité, elle lui posa une question très directe :

— Est-ce vous qui l'avez achetée ?

Il hocha affirmativement la tête. Elle avala sa salive, soudain terriblement mal à l'aise... Ainsi, cet homme allait vivre au *Manoir du Challenge !* A quelques kilomètres seulement de Satanita !

— Avez-vous l'intention de raser le manoir et de reconstruire à la place un hôtel de luxe ? Ou bien des bungalows que vous vendrez très cher ? s'enquit-elle avec insolence.

— Cela vous plairait, n'est-ce pas ? Ainsi, vous pourriez me mépriser totalement !

Il eut un demi-sourire.

— Mais ce n'est pas le cas !

— Alors...

— J'ai l'intention de vivre ici. Je me demande ce que penseront les gens de la bonne société de Pasadena quand ils apprendront qu'un restaurateur italien s'installe au *Manoir du Challenge !* Vont-ils m'en chasser ? Et votre marraine prendra-t-elle la direction des opérations ?

Il éclata de rire. Mais ce rire avait des échos menaçants...

Dina avait réussi à empêcher Bella de consulter son avocat. Mais que ferait la hautaine propriétaire de Satanita lorsqu'elle connaîtrait l'identité de son nouveau voisin ?

Et pourquoi était-elle si prévenue contre lui? Parce que, de nombreuses années auparavant, Lewis Caslyn avait été ruiné par des trafiquants d'origine italienne? Ou bien parce qu'elle redoutait qu'il empêche le mariage si soigneusement préparé de se faire?

D'une voix mal assurée, Dina murmura :

— Il faut que je retrouve mon cheval... Puis-je aller le chercher? ajouta-t-elle presque timidement.

— Je vous accompagne, décida-t-il. Cela me permettra de vous faire visiter ma nouvelle demeure.

— Oh, je... je n'ai pas le temps...

— Ecoutez, Dina, vous n'avez plus dix ans! Vous êtes majeure, non?

Elle hocha la tête affirmativement.

— Vous avez tout de même le droit d'agir comme il vous plaît! s'exclama-t-il encore. Ne me faites pas croire que vous n'êtes qu'une marionnette entre les mains de votre marraine!

La jeune fille se sentait prise au piège. Mais que pouvait-elle faire? Elle devait récupérer sa monture si elle voulait rejoindre ses amis!

— La maison vous plaira, j'en suis sûr, poursuivit Raf Ventura. Les pièces ont de très belles proportions, et l'ensemble aura énormément de charme une fois modernisé et redécoré.

Il eut un sourire de biais.

— Depuis longtemps, je cherchais une propriété de ce genre... Je m'installerai au *Manoir du Challenge,* que cela plaise ou non à Bella Rhinehart et à ses amis! Et j'y passerai le peu de temps que me laisseront mes obligations professionnelles.

Dina essaya de cacher son soulagement.

— Vous n'y vivrez pas toujours?

Il ne fut pas dupe.

— Vous me détestez, Dina? demanda-t-il avec un rire dur.

Comme elle ne répondait pas, il insista :

— Est-ce de la haine ? Ou bien êtes-vous... intriguée ?

— Pourquoi m'intrigueriez-vous ?

— Parce que je suis différent.

— C'est vous qui le dites...

— Oui, je suis différent, insista-t-il. Je ne ressemble pas aux jeunes hommes bien élevés que vous connaissez... Ils ont toujours vécu dans du coton. Et moi, pendant ce temps, je luttais pour survivre.

Ils marchaient côte à côte, et les feuilles étouffaient le bruit de leurs pas. Subrepticement, Dina adressa à son compagnon un rapide coup d'œil de côté.

Il n'avait pas tort... Il l'intriguait ! Et elle avait du mal à croire que cet homme élégant, plein d'allure et de personnalité, ait jamais lavé la vaisselle dans quelque cuisine de restaurant...

Pourquoi avait-il acheté cette propriété ? Parce qu'elle lui plaisait vraiment ? Pour faire une espèce de pied de nez à cette haute société qui le méprisait ? A moins que ce ne soit une revanche vis-à-vis de l'existence ?

La jeune fille ne tarda pas à apercevoir son cheval. Il avait trouvé un carré d'herbe fraîche et se régalait...

— Te voilà, toi ! s'exclama-t-elle en s'emparant des rênes.

Raf Ventura examina Major et hocha la tête.

— Un bon cheval ! reconnut-il. Il doit être très rapide... Mais il faut être bon cavalier pour le monter.

— On m'a mise en selle très jeune.

Elle caressa l'encolure de sa monture.

— C'est ainsi que tu me fausses compagnie ?

— J'aurai des chevaux au manoir, déclara Raf Ventura. Nous pourrons monter ensemble...

Elle fit mine de ne pas avoir entendu.

— Vous avez l'air d'un page avec vos cheveux courts, murmura-t-il.

Elle haussa les épaules.

— Je vous en prie... Pas de compliments !

Elle avait envie de sauter en selle et de disparaître au grand galop. Mais, comme s'il avait deviné ses intentions, Raf Ventura s'empara des rênes et les noua autour d'un arbre.

— Me considéreriez-vous différemment si je faisais partie du beau monde ? interrogea-t-il.

Il caressa Major qui se laissa faire — ce qui surprit Dina car son cheval se montrait en général ombrageux quand un inconnu l'approchait.

— Comment cela ? demanda-t-elle, incertaine.

— Accepteriez-vous mes compliments, par exemple ? Sans paniquer aussitôt ?

— Je ne panique pas ! Quelle idée...

— Nous sommes seuls, Dina. Vous êtes une femme, moi un homme... Et je n'attache pas d'importance au diamant qui orne votre main gauche !

— Moi, si. Mais nous... nous pouvons être amis.

Sa voix tremblait légèrement.

— Amis ? répéta-t-il d'un ton méprisant. Quelle concession de la part d'une princesse !

Elle se mordit les lèvres, et il lança :

— Avons-nous l'air d'être des ennemis ?

— Je ne voudrais pas être votre ennemie, admit-elle avec un frisson.

— Tiens donc ! s'exclama-t-il avec un sourire sardonique.

Elle le fixa sans mot dire. Un silence s'éternisa, seulement troublé par le bruissement des feuilles.

— Vous êtes étrange, s'entendit-elle dire. Par moments, j'ai l'impression de me trouver devant un sorcier !

— Ce que je ne suis pas ! coupa-t-il.

— Aucun obstacle ne vous arrête, poursuivit-elle. Votre but, maintenant, est de faire partie de cette société qu'au fond de vous-même, vous méprisez. Et c'est la raison pour laquelle vous avez acheté cette propriété !

Le manoir apparaissait entre les hauts arbres, et elle contempla ses murs couverts de mousse et de lierre.

En dépit de son manifeste état d'abandon, il avait toujours beaucoup de charme...

Raf Ventura secoua la tête.

— Oh non, je ne tiens pas à devenir l'un des membres de l'élite de Pasadena !... Mais vous, Dina, consentez-vous à vous abaisser à mon niveau... Donnez-moi un peu de votre temps et venez visiter ma maison...

— Je dois rentrer !

En réalité, elle avait envie d'errer dans les pièces du grand manoir...

Raf Ventura ne chercha pas à la retenir.

— Vous devez rentrer ? répéta-t-il. Eh bien, allez...

Sur ces mots, il lui tourna le dos et gravit les quelques marches du perron. Il sortit un trousseau de clés de sa poche et s'apprêta à ouvrir la porte... Soudain, il s'empara du cor de chasse suspendu à côté du vantail — et qui tenait lieu de sonnette —, et souffla dedans.

Malgré elle, Dina éclata de rire.

N'en tenant plus de curiosité, elle gravit les marches à son tour.

— Entendu, monsieur Ventura ! Faites-moi visiter votre demeure... Mais ne m'en veuillez pas : je ne pourrai pas rester longtemps !

Tandis qu'il introduisait la clé dans la serrure, elle lui demanda s'il comptait laisser son nom au manoir, ou s'il avait l'intention de le changer.

— Le changer ? s'étonna-t-il. Pourquoi ?

— Euh... je ne sais pas. Le *Manoir du Challenge*, c'est un drôle de nom... Je ne trouve pas qu'il vous convienne très bien.

Il eut un sourire railleur.

— Et quel autre nom suggérez-vous ?

— Je... je ne sais pas.

— A Pasadena, on ne tardera pas à le baptiser le *Manoir des Maffiosi*, par exemple...

Dina rougit.

— Ce n'était pas cela que je voulais dire !

La porte s'ouvrit, et il en poussa les deux battants qui grincèrent.

Sur le seuil, la jeune fille hésita. Elle avait soudain l'étrange impression de s'engager en acceptant d'entrer. Mais maintenant, elle ne pouvait plus reculer, ç'aurait été ridicule !

— Vivrez-vous ici tout seul ? s'enquit-elle. Ou bien êtes-vous...

— Je suis célibataire, coupa-t-il.

Et, railleur, il ajouta :

— Alliez-vous me demander si j'avais une liaison ?

— Oh, j'en suis sûre !

— Imaginez les commentaires des dames de la bonne société de Pasadena si je vivais ici avec une maîtresse !

Il éclata de rire.

— Leur indignation n'aurait plus de bornes !

Le manoir était entièrement meublé, ce qui surprit beaucoup Dina.

Raf alluma avec son briquet les bougies fichées dans les hauts chandeliers ternis qui étaient disposés sur une crédence.

— Prenez une bougie, conseilla-t-il. Tous les volets sont fermés...

Lui-même s'empara de l'une de celles qu'il venait d'allumer. La flamme vacillante donnait d'étranges reliefs aux méplats de son visage, et Dina se sentit bizarrement troublée.

— La visite commence, fit-il à mi-voix.

Il emmena d'abord la jeune fille dans une vaste pièce en forme de demi-cercle.

— Ce sera la salle à manger...

Dina regarda autour d'elle. Il lui semblait que chacun des plis des draperies en velours vert aux teintes passées cachait un fantôme... Et qu'y avait-il dans ces profonds buffets anciens ?

Elle fit quelques pas sur le tapis poussiéreux et éternua.

— Que Dieu bénisse votre mère, comme on dit en Italie ! fit Raf d'un ton léger.

Elle ne répondit pas et feignit d'admirer une table Chippendale dont le plateau avait été abîmé à coups de canif.

— Quel dommage ! s'exclama-t-elle. Qui a pu faire cela ?

Raf Ventura haussa les épaules.

— Qui sait ? La plupart des meubles sont authentiques mais, hélas, ils ont été bien mal entretenus ! Regardez ce dressoir, par exemple ! On a renversé une bougie dessus et le bois a été brûlé...

— Comme il est joli... malgré tout !

— Imaginez-le remis en état...

— Et chargé de plats d'argent sur lesquels on aurait disposé des mets appétissants !

Elle s'interrompit, surprise de parler avec autant de naturel et d'entrain avec cet homme qu'elle avait promis d'éviter à tout prix !

— Venez voir le salon. Il est lui aussi plein de charme.

Les fauteuils et les canapés étaient enveloppés par des housses jaunies et couvertes de poussière. De nouveau, Dina se surprit à évoquer les fantômes...

Tous les miroirs étaient tournés vers le mur, et la jeune fille s'en étonna.

— Quelle drôle d'idée !

— Oui...

— Pourquoi les a-t-on placés ainsi ?

— Je crois que Mme Penrose ne pouvait pas supporter de voir son image reflétée dans une glace.

Comme Dina le regardait d'un air interrogateur, il expliqua :

— Leur fille est morte d'une manière assez... tragique. Et Mme Penrose a perdu la tête...

— J'ai entendu dire qu'elle était devenue folle, mais je ne savais pas pourquoi.

Elle frissonna, soudain mal à l'aise.

— J'ignorais que les Penrose avaient eu une fille.

— J'ai découvert son portrait dans l'une des pièces du premier étage. Voulez-vous le voir ?

— Oh oui !

Elle était fascinée et en même temps un peu inquiète. Mais ce n'était plus Raf qui l'effrayait. C'était l'étrange atmosphère de cette vaste demeure qui était restée fermée pendant des années sur les secrets d'inconnus...

Ensemble, ils gravirent l'escalier. Sa rampe en ébène, une fois nettoyée, aurait certainement beaucoup d'allure avec ses balustrades sculptées.

Raf gravissait les marches avec l'élégance et la souplesse d'un félin.

« Je suis seule avec lui dans cette maison isolée, songea Dina. Autour de nous, il n'y a que des hectares de forêt déserte... Personne ne sait que je suis ici ! »

La chasse était peut-être maintenant terminée. Et si Bay la cherchait... Il fallait qu'elle rentre ! Mais elle n'en avait pas vraiment envie. Elle souhaitait explorer cette étrange demeure en compagnie de Raf.

Elle était véritablement fascinée par ce qu'elle

découvrait. Et elle avait l'impression qu'il partageait la même fascination...

Arrivé au premier étage, il poussa une porte et se dirigea droit vers la cheminée au-dessus de laquelle était suspendu un portrait.

Celui-ci représentait une très jeune fille vêtue d'une robe de soie presque transparente. Elle courait, et ses cheveux blonds flottaient derrière elle.

— Elle aussi a l'air d'un fantôme, murmura Dina.

Elle avait parlé sans réfléchir, et lorsqu'elle comprit le sens de ses paroles, elle se sentit mal à l'aise. Car cette adolescente au visage presque éthéré était morte depuis de nombreuses années...

— Vous m'avez dit qu'elle avait péri de manière tragique ? interrogea-t-elle.

— On raconte qu'elle était devant un miroir quand la foudre a frappé celui-ci. Un éclat de verre s'est planté dans sa gorge, tranchant l'artère... Ses parents, qui étaient sortis, l'ont trouvée morte à leur retour, vidée de son sang...

— Voilà pourquoi tous les miroirs sont retournés !

Dina ne parvenait pas à détacher son regard du portrait.

— Craignez-vous les fantômes, *signore ?* demanda-t-elle.

Sa voix n'était qu'un murmure.

— Je suis un Latin... admit-il.

Il eut un mouvement de la main qui était presque un geste d'excuse.

— Alors je crois aux fantômes.

Elle hésita un instant avant de lui poser la question qu'elle avait sur le bout de la langue depuis déjà un certain temps.

— Cela... cela ne vous ennuie pas de venir vivre ici ?

— Les fantômes des précédents occupants du manoir ne me font pas peur.

Elle hocha la tête.

— Je comprends... murmura-t-elle. Je me demande quel était son prénom...

— Amarante.

— Comme la fleur ?

— Oui, comme cette fleur écarlate dont la teinte ne pâlit jamais...

— Comment savez-vous tout cela ? s'étonna-t-elle.

— Je me suis renseigné avant d'acheter le *Manoir du Challenge.*

— Vous saviez qu'Amarante était morte ici ? Vous connaissiez les circonstances de sa mort ?

— Bien sûr.

— Et malgré tout...

— Malgré tout, j'ai acquis cette propriété. Car je voulais une maison solide... Or celle-ci a traversé les ans sans dommage.

Comme Dina paraissait peu convaincue, il insista :

— Oui, elle a traversé les ans sans dommage ! Certes, il y a de la poussière, les peintures sont à refaire et les pièces à remettre en état. Mais la construction est impeccable et traversera encore des siècles !

Son visage durcit.

— Je voulais une maison située dans cette région de la Californie. Non pour rejoindre votre soi-disant élite ! Mais parce que par ici, la nature est encore préservée.

Un sourire ironique détendit ses lèvres.

— Si je n'avais pas acheté le manoir, il est probable qu'un investisseur s'en serait emparé et aurait morcelé le terrain en parcelles à bâtir...

— En effet ! reconnut Dina. C'était ce que craignait Bella. Elle en avait même déjà parlé au père de Bay pour savoir s'il était possible d'empêcher une telle atteinte au site.

— Le Sénateur Bigelow... Vous aurez un beau-père très important et très influent, Dina !

Il se moquait, c'était évident... La jeune fille se détourna et, du bout de l'index, souleva le couvercle d'une boîte en marqueterie. Quelques notes frêles s'élevèrent dans la pièce.

— Oh ! Une boîte à musique ! s'exclama-t-elle, ravie. Elle joue la *Valse des Fleurs...*

La musique se tut et elle souleva à nouveau le couvercle pour l'entendre une seconde fois.

— Et elle marche encore après tout ce temps ! s'étonna-t-elle.

— C'est moi qui l'ai remise en état l'autre jour.

— On dirait que le portrait d'Amarante a été réalisé alors qu'elle dansait sur cette musique, justement !

Il eut un petit sourire soudain plein de tendresse.

— C'est exactement ce que je me suis dit !

Dina regarda le portrait, puis elle se tourna vers le nouveau propriétaire du *Manoir du Challenge.*

— Amarante vous plaît beaucoup, n'est-ce pas, *signore ?* Est-ce pour cela que vous n'avez pas peur de son fantôme ?

— Si elle apparaissait alors que je me trouve ici, je serais ravi ! Quelle charmante visite...

— Vous serez très seul dans cette maison isolée, remarqua Dina. A moins que vous n'ayez l'intention de beaucoup recevoir ?

— Vous me voyez ouvrant mes portes à la brillante société de Pasadena ? Moi, le mystérieux Italien au passé obscur ? Et imaginez que je tombe amoureux d'une jeune fille appartenant à cette brillante société ?

Son regard s'arrêta sur Dina, soudain immense. Elle demeura immobile, presque hypnotisée. Elle dut se forcer pour détourner la tête.

— Je dois partir.

Vivement, elle pivota sur elle-même pour se diriger vers la porte. La flamme de sa bougie s'éteignit, et elle se trouva brusquement dans le noir.

Raf Ventura la guida jusqu'au rez-de-chaussée. Le crépuscule tombait déjà, le ciel avait pris une couleur violette.

— Qu'allez-vous raconter pour expliquer votre retard ? demanda-t-il. Vous ne direz pas la vérité, j'en suis persuadé ! Comment pourriez-vous expliquer à votre marraine que vous avez passé l'après-midi en compagnie d'un homme qu'elle a prié de ne jamais remettre les pieds à Satanita ?

Il eut un rire moqueur.

— J'admire votre courage ! Ainsi, vous n'avez pas eu peur de rester avec moi ?

Pas un instant, il n'avait chercher à profiter du fait qu'ils étaient seuls...

— Avez-vous toujours vos parents ? s'entendit-elle soudain demander. Viendront-ils vivre ici avec vous ?

— Non. Ils habitent à Milan et n'ont aucune envie de quitter l'Italie.

— Avez-vous des frères, des sœurs ?

— Vous vous intéressez beaucoup à moi ! plaisanta-t-il, avant de redevenir sérieux. Ma sœur Rosaria a épousé un planteur cubain. Elle habite là-bas avec lui. J'ai une autre sœur qui est religieuse...

— Elles sont plus jeunes que vous ?

— Oui.

Il sourit de nouveau.

— Je suis très bien seul ! Mes sœurs et mes parents mènent la vie qui leur plaît et qu'ils ont choisie. Je mène la mienne de mon côté...

— Ce manoir est un peu un jouet pour vous...

— Vous voulez que je le rebaptise ? Que je l'appelle *Le Jouet du Maffioso Ventura ?*

— Seulement *Ventura*... Ce nom correspondait parfaitement à votre caractère... euh... possessif.

— J'ai cru que vous alliez dire : arrogant !

Elle rougit.

— Peut-être... Vous êtes un homme étrange, monsieur Ventura ! J'ai parfois l'impression que vous devinez mes pensées !

— Je suis démoniaque ! railla-t-il. Savez-vous comment mes employés appellent mon bureau ? *L'enfer de Dante...*

— Ils vous craignent ?

— Ils savent qu'ils ont intérêt à suivre mes ordres à la lettre !

Cela n'avait rien d'étonnant ! Un pareil homme ne devait pas être un patron très tendre. Il devait beaucoup exiger des autres. Mais n'était-il pas également exigeant avec lui-même ?

— Je vous remercie de m'avoir fait visiter le manoir, *signore*.

Elle eut un petit soupir.

— J'ai passé un après-midi... inhabituel. Je ne m'attendais guère, en quittant la chasse, à vous retrouver ici et à rêver dans cette vieille demeure au fantôme d'Amarante...

— Vous êtes très romantique.

Ils étaient maintenant arrivés près de Major qui attendait patiemment. Dina s'apprêta à se mettre en selle. Raf Ventura, à ce moment-là, la prit par la taille. Elle frémit, à la fois inquiète et en même temps étrangement troublée.

— Qu'espérez-vous, Dina ? lui demanda-t-il en plongeant son regard dans le sien. Que nous ne nous rencontrerons plus jamais ?

Elle ne répondit pas directement.

— Ma marraine m'a interdit de vous revoir. Et j'obéis toujours à Bella... Sans elle, je ne sais pas ce que je serais devenue. Je suis orpheline, et elle m'a tout donné : la sécurité, la tendresse, une solide éducation... Je lui dois énormément. Comprenez-vous ?

Son cœur battait à tout rompre. Raf la tenait toujours par la taille et elle n'osait pas le repousser, de crainte d'éveiller sa violence... Mais ce qu'elle redoutait le plus, c'était une réaction passionnée. Car elle ne savait comment elle lui répondrait s'il cherchait à l'embrasser.

Soudain, il l'attira contre lui, et elle se trouva pressée contre sa poitrine musclée.

— Raf ! supplia-t-elle. Vous devez connaître tant de femmes plus jolies que moi... Des femmes libres... Pourquoi faites-vous cela ?

Elle essaya de rire.

— Ne me dites pas que vous voulez toujours vous venger parce que vous avez dû partager votre caviar avec les poissons !

Il se pencha. Son visage n'était plus qu'à quelques centimètres du sien, tandis qu'il la contemplait avec intensité.

— Vous a-t-on jamais dit que vous aviez un regard très sensuel ?

Doucement, il lui embrassa les paupières.

— Maintenant, rentrez vite... Et on verra si le hasard nous remet ou non en présence. C'est au destin de se manifester. Comme il l'a fait aujourd'hui !

Elle rouvrit les yeux.

— J'ai l'impression que vous savez le forcer... Je vous en prie, Raf ! Ne détruisez pas mon existence ! Ne m'obligez pas à vous haïr...

— La haine ne se commande pas. Pas plus que l'amour, d'ailleurs.

Il la lâcha et détacha Major. Puis il maintint l'étrier tandis qu'elle se mettait en selle.

— Vous êtes capable de rentrer seule ?

— Oui. Major me désarçonne rarement. Ce qui s'est passé tout à l'heure était exceptionnel... Il a été aussi surpris que moi par la barrière ! Et j'avoue que je ne faisais pas très attention à ce moment-là. Je rêvassais...

— Vous n'avez rien de gentil à me dire, Dina ?

— Seulement au revoir, *signore !*

— Alors... au revoir, *signorina.*

Major partit au petit trot. Dina regardait droit devant elle... Elle n'adressa pas un seul regard d'adieu à Raf Ventura. Elle ne se retourna pas non plus pour contempler le manoir dont la massive silhouette se détachait sur le ciel qui s'assombrissait d'instant en instant.

Dina ne tarda pas à mettre son cheval au galop. Le vent faisait voler ses cheveux. Elle avait oublié son feutre au manoir, et il était hors de question qu'elle fasse demi-tour pour aller le récupérer !

Qu'allait-elle raconter pour expliquer son retard ?

Quand elle arriva enfin à Satanita, elle se dirigea droit vers les écuries.

Bay l'y attendait... Son visage était anxieux, mais ce fut avec colère qu'il demanda :

— Où étais-tu passée ? Tu ne peux pas savoir à quel point j'étais inquiet !

Elle mit pied à terre et tendit les rênes de Major à un palefrenier.

— Je suis tombée. Tout est de ma faute... Je ne faisais pas attention et j'ai fait un vol plané quand... quand Major a sauté un tronc que je n'avais pas remarqué. Il en a profité pour se sauver, et je ne l'ai retrouvé que longtemps après : il faisait un festin d'herbe fraîche !

Elle soupira.

— Rien de grave, tu vois...

— Il ne s'agit pas de cela, Dina...

Il la prit par la main et l'entraîna vers la maison.

— Plusieurs personnes ont remarqué ta disparition et ont fait des commentaires... Il paraît que cela t'arrive chaque fois qu'il y a une chasse !

Il secoua la tête.

— Moi qui te voyais déjà gravement blessée dans la forêt ! Et où te chercher ?

— Tu vois, je suis saine et sauve ! J'ai juste un peu mal au coude, mais ce n'est pas grave.

Elle s'efforça de sourire.

— En revanche, je meurs de faim ! Restes-tu à dîner ?

— Oui, Bella m'a invité.

Il fronça les sourcils.

— Tu as perdu ton chapeau !

Il l'examinait d'un air méfiant. Dina aurait voulu détourner la tête, mais elle n'osait pas... Elle avait honte et se sentait coupable. Cela se voyait-il dans ses yeux ? Sur son visage ?

Et si Raf Ventura l'avait embrassée, Bay l'aurait-il deviné ?

Il s'était contenté de poser ses lèvres sur ses paupières. Et elle avait l'étrange impression que cela se remarquait...

— Il faut que j'aille prendre une douche et que je me change... Je ne suis pas trop salie ?

— Il y a un peu de boue sur ta veste...

— Veux-tu aller rassurer Bella ? Je suis désolée de vous avoir inquiétés, mais ce n'est pas de ma faute !

Sa marraine apparut sur ces entrefaites.

— De l'inquiétude ! Mais nous étions terriblement angoissés, Dina ! Que t'arrive-t-il en ce moment ?

Elle toisa sa filleule.

— Bay m'a appris que tu t'es conduite bizarrement l'autre soir au country-club... A cause de ce Ventura, je suppose ! Si j'apprenais que tu l'as revu...

Ses lèvres étaient pincées et son regard très dur.

— Est-ce le cas ?
— Non !
Dina se raidit.
— Non ! répéta-t-elle.
— Tu es vraiment tombée de cheval, et Major a fait une petite escapade ? demanda sa marraine avec incrédulité.
Elle ne la croyait pas, c'était évident...
— Peux-tu me dire pourquoi tu n'étais pas avec les autres ? s'enquit-elle avec sévérité.
— Vous voulez connaître la vérité ? demanda Dina d'une voix tremblante. Eh bien, elle est simple, mais je crains que vous ne me compreniez pas...
Elle avala sa salive avant de lancer d'un trait :
— En vérité, je déteste la chasse ! Je ne peux pas supporter de voir un renard poursuivi par la meute ! Je ne peux pas supporter la curée... Tout cela me rend malade, et c'est la raison pour laquelle, chaque fois qu'il y a une chasse, je fuis le plus loin possible afin d'échapper à ce cruel spectacle qu'on appelle un sport !
Elle soupira.
— Je suis les chasses à courre parce que cela vous fait plaisir. Mais ne m'obligez pas à voir un pauvre animal déchiré par les crocs de toute une meute ! Cela... cela me donne des cauchemars !
Baissant la tête, elle ajouta d'un ton neutre :
— Je suis désolée d'être si faible... Je préférerais être plus forte et contempler certains spectacles sans être si profondément atteinte. Mais c'est impossible !
La jeune fille avait pâli terriblement quand sa marraine avait mentionné le nom de l'homme avec lequel elle avait passé une bonne partie de l'après-midi. C'était dans un sursaut désespéré qu'elle avait confié son horreur de la chasse.
— Ma chérie, pourquoi ne m'as-tu pas dit cela

plus tôt ? s'exclama Bay. J'étais bien loin de m'imaginer ce que tu ressentais...

Il haussa les épaules.

— Pour moi, les renards ne sont rien d'autre qu'une vilaine engeance ! Ils dévastent les poulaillers et les vergers ; chaque fois que nous en tuons un, nous faisons une bonne action ! Mais je comprends ton point de vue et je le respecte. Si tu abhorres à ce point la chasse à courre, il ne faut pas y participer !

— J'aime galoper à travers la campagne, c'est tout, avoua Dina d'une petite voix.

Bella la fixait toujours de son regard dur. Et la jeune fille comprit que les soupçons de sa marraine n'étaient pas complètement endormis...

— Et à quoi d'autre te forces-tu donc pour me complaire ? demanda-t-elle d'un ton sec.

— A part la chasse à courre, je...

Bella lui coupa la parole.

— Je suis désolée de constater ta réaction, Dina ! Jamais je ne t'ai demandé d'accomplir des choses qui te paraissaient au-dessus de tes forces ! Tu me considères donc comme une femme très autoritaire à laquelle il faut obéir à tout prix ?

— Mais non, Bella, voyons... fit Dina avec gêne.

Oui, sa marraine était terriblement autoritaire. Mais son autorité se manifestait de manière plus subtile.

— Je suis peu courageuse, voilà tout, conclut-elle d'un ton qu'elle s'efforça de rendre léger.

— Tu aurais dû me dire ce que tu ressentais ! fit Bay. Je suis désolé d'apprendre que ces chasses à courre représentent une telle épreuve pour toi !

— Je ne voulais pas te décevoir...

— Mais moi je ne veux pas te tourmenter !

Il sourit.

— La prochaine fois, nous partirons ensemble,

loin de la meute, loin des autres chasseurs... Et personne n'osera faire de commentaires déplacés !

— Merci, murmura-t-elle.

— Dina, tu es très timide, au fond !

Bella leva la main.

— Plus d'excentricités de ce genre, n'ést-ce pas, Dina ? N'oublie pas que tu n'es plus une gamine, mais une jeune fille sur le point de se marier... Allons, maintenant va te changer et ne nous fais pas trop attendre ! Le dîner est prêt depuis longtemps !

Sa marraine assurait qu'elle n'était plus une gamine, mais à cet instant précis, Dina avait l'impression d'être traitée comme une écolière...

Elle monta l'escalier et, arrivée à mi-étage, se retourna.

Bay la contemplait. Leurs yeux se rencontrèrent, et elle devina que si Bella n'avait pas été là, son fiancé se serait précipité pour la prendre dans ses bras...

Elle gravit le reste des marches quatre à quatre... Oh, si Bay savait qu'elle avait passé l'après-midi avec un autre ! S'il savait que Raf Ventura l'avait serrée contre lui...

Une fois seule dans sa chambre, elle prit sa tête entre ses mains.

— Je vous en prie, Raf ! supplia-t-elle. Oubliez-moi !

Elle prit une douche et demeura longtemps, sous le jet tiède auquel elle offrait son visage. Mais l'eau qui coulait sur ses paupières ne parvenait pas à effacer les baisers qu'y avait déposés cet homme qui la troublait tant.

S'enveloppant dans une grande serviette-éponge bleu marine, elle alla se planter devant la glace à trois faces dans laquelle elle se trouva reflétée des pieds à la tête.

Avec ses cheveux mouillés et son visage totalement

dépourvu de maquillage, elle paraissait très jeune. Très candide...

— C'est une apparence ! Au fond, je ne suis rien d'autre qu'une tricheuse !

Elle avait menti à sa marraine. Elle avait menti à son fiancé...

Raf Ventura avait un étrange pouvoir sur elle. Elle devrait s'enfuir comme un renard poursuivi par une meute, si le hasard les remettait en présence. Car il était capable de détruire sa vie, de briser son cœur, de piétiner son fragile équilibre...

Oui, si elle le rencontrait de nouveau, elle aurait le courage de s'éloigner avant que ses longues mains brunies ne se posent sur sa taille flexible.

A ce souvenir, elle frémit. On frappa à la porte à ce moment-là et elle sursauta.

— Oui ?

Elle s'attendait à voir Bella, mais c'était Chloé, l'une des femmes de chambre.

— Madame m'a demandé de vous aider à vous habiller pour ne pas perdre de temps.

D'autorité, l'employée se dirigea vers le placard et en ouvrit les portes.

— Quelle robe allez-vous mettre, Miss Dina ? Celle en tulle bleu ? Ou bien...

— Oh, choisissez, Chloé ! Cela m'est égal...

— Cela vous est égal ! s'exclama la femme de chambre d'un ton grondeur. Alors que M. Bay est là ! Il faut que vous soyez très belle...

Elle fronça les sourcils en constatant que les cheveux de la jeune fille étaient toujours mouillés.

— Vous avez l'air d'un chat sauvage... Par moments, on se demande si vous deviendrez un jour raisonnable !

Elle choisit des sous-vêtements dans un tiroir et les disposa sur le lit.

Dina demeurait devant la glace, toujours enveloppée dans sa serviette de toilette. Rêveusement, elle contemplait son image. Mais son regard allait au-delà...

— Allons, Miss Dina ! Il n'y a pas de temps à perdre !

— Chloé, peut-on passer à travers les miroirs ? Je me demande ce qu'il y a de l'autre côté !

— Miss Dina ! s'exclama la femme de chambre, presque choquée. Croyez-vous que ce soit le moment de raconter des histoires à dormir debout ?

Avec un soupir, la jeune fille se mit en devoir de se vêtir. Chloé avait choisi pour elle une robe en soie turquoise assez décolletée.

— Cessez donc de rêver, Miss Dina ! Je sais bien que vous êtes amoureuse...

Amoureuse ?

« Seigneur, non ! songea Dina. Tout, sauf cela ! »

4

Une légère brise en provenance de la mer apportait une saveur un peu salée aux lèvres de Dina. Les vagues se brisaient inlassablement sur les rochers dans un fracas sans cesse renouvelé.

La jeune fille était étendue sur le sable, à l'ombre d'un palmier. A travers ses larges lunettes de soleil, elle regardait les mouettes planer dans le ciel sans nuages.

Elle s'assit et contempla la mer. Le soleil faisait étinceler la crête des vagues. Ce matin-là, elle avait l'impression d'être seule au monde... Il n'y avait personne sur la plage, personne dans l'eau...

Personne dans l'eau ? Soudain, elle se mit debout d'un bond. Son hurlement parut se répercuter d'écho en écho, rebondissant sur les rochers...

Elle apercevait, là-bas, une tête brune qui émergeait entre les vagues. Des bras hâlés battaient énergiquement l'eau dans un crawl parfait — mais trop hâtif. Et derrière le nageur se profilait le triangle sombre de l'aileron d'un requin...

Tout de suite, Dina sut qui tentait d'échapper aux mâchoires meurtrières du grand squale.

— Raf !

Elle crispa ses mains l'une contre l'autre. Ses

ongles pénétrèrent dans ses paumes, mais elle ne ressentit même pas la douleur.

— Raf ! Vite, vite...

La scène qui se déroulait devant ses yeux était un véritable film d'horreur.

Jamais Raf ne pourrait échapper au requin ! Il arrivait souvent que ceux-ci s'approchent des côtes, à certaines époques de l'année. Plusieurs nageurs imprudents avaient été déchiquetés. Et en dépit des mises en garde répétées, il s'en trouvait toujours d'autres pour nager trop loin du rivage et attirer ainsi l'attention des terribles poissons des profondeurs...

— Raf !

Son cri demeura silencieux. Les yeux agrandis d'horreur, elle fixait le nageur menacé. Le requin allait-il l'attaquer devant ses yeux ?

Elle eut un gémissement étranglé.

Il était évident que l'Italien avait pris conscience du danger. Ses mouvements se précipitèrent encore, sans perdre cependant leur régularité. Il savait, vraisemblablement, que les requins se laissaient guider par le son et les mouvements. Et, avec adresse, il se glissait dans les vagues dans l'espoir que leur fracas ferait perdre sa piste au grand squale.

« Il n'a plus que quelques mètres à faire pour être sauvé ! Oh mon Dieu, je vous en supplie, permettez qu'il gagne le rivage sain et sauf ! Je ne vous demande jamais rien... Pour une fois, répondez à ma prière ! »

Son cœur battait à tout rompre. Il lui semblait qu'il allait éclater dans sa poitrine. Elle cacha son visage entre ses mains, incapable de contempler plus longtemps ce terrifiant spectacle.

D'un instant à l'autre, le requin allait attaquer... Et Raf ne serait plus qu'un cadavre dans une mare de sang.

Combien de temps s'écoula-t-il avant qu'elle ose enfin rouvrir les yeux ? Quelques secondes ? Quelques minutes ? Ou bien des heures ? Elle aurait été totalement incapable de le dire !

Elle souleva les paupières. Raf demeurait étendu sur le sable mouillé, à la limite des vagues. Il reprenait sa respiration et elle l'entendait haleter...

Quant au requin, il avait disparu.

Dina avait l'impression de s'éveiller après un terrible cauchemar. D'un pas mal assuré, elle se dirigea vers Raf.

Il s'assit et secoua la tête. L'eau glissait sur ses larges épaules, sur son dos musclé, sur ses longues jambes couleur bronze.

— Oh Raf ! soupira-t-elle.

Elle porta les mains à son cœur.

— Merci, mon Dieu !

Un médaillon ornait son cou, et la jeune fille se rappela avoir lu que les requins étaient attirés par ce qui brillait.

— Mais il faut que vous soyez fou ! soupira-t-elle.

Sans mot dire, il la contemplait entre ses cils mouillés.

Elle tremblait des pieds à la tête.

— Vous baigner par ici ! Ne savez-vous pas que cet endroit a la réputation d'être infesté de requins ?

— Si je l'avais su, il est probable que je n'aurais pas tenté la traversée !

« Il vient d'échapper à une mort horrible, et il n'a même pas l'air bouleversé ! » s'étonna Dina.

Elle-même était pâle comme un linge, et ses yeux paraissaient encore agrandis.

— Vous avez eu peur ! remarqua l'Italien. Comment avez-vous deviné que c'était moi ?

Elle eut un geste de la main.

— Je... je ne sais pas. D'instinct, peut-être...

Et puis n'était-ce pas la Crique des Nonnes ? Il était écrit qu'ils devaient se retrouver dans cet endroit un jour ou l'autre...

— J'ai cru qu'il allait vous dévorer devant mes yeux !

— Moi aussi ! Une fois, j'ai vu un homme se faire littéralement ouvrir la poitrine et le ventre par l'un des congénères de mon poursuivant !

Brusquement, il bondit.

— Vous n'allez pas vous évanouir !

Il la saisit par les épaules.

— Il ne fallait pas avoir peur... Vous savez bien que je suis sous la protection du diable ! conclut-il avec un petit rire.

Elle continuait à trembler et ses dents s'entrechoquèrent. Raf avait survécu. Par miracle...

— Comme... comme vous nagez vite ! balbutia-t-elle.

Elle s'efforça de sourire pour ne pas éclater en sanglots. Raf ne devait pas aimer les pleureuses...

— Vous devriez participer aux prochains Jeux Olympiques... suggéra-t-elle d'une voix mal assurée.

Doucement, il l'obligea à relever la tête.

— Pourquoi êtes-vous venue ici ce matin ? Par curiosité ?

— Je... je ne pensais pas vous trouver là, avoua-t-elle.

— Vous vous imaginiez que je me promenais plutôt sur votre plage privée, au bout des bois qui entourent Satanita ?

Il sourit.

— Je ne voudrais pas donner à votre marraine le plaisir de m'en faire chasser !

— Vous préférez la mâchoire des requins ?

Il plissa les yeux.

— Votre marraine est aussi dangereuse qu'un requin !

Dina demeura silencieuse. A quoi bon protester ? Il était exact que Bella Rhinehart pouvait mettre autant d'acharnement à poursuivre un ennemi qu'un squale affamé...

Elle avala sa salive.

— Vous... vous aviez promis de ne plus chercher à me voir ! lui rappela-t-elle.

— Voilà maintenant trois semaines que vous êtes venue au *Manoir du Challenge.*

— Vous aviez promis...

Il l'interrompit.

— Je ne me souviens pas avoir fait une telle promesse. N'avions-nous pas décidé de nous en remettre au hasard ?

Elle le fixa d'un air accusateur.

— Est-ce vraiment le hasard qui vous a amené ce matin à la Crique des Nonnes ?

— Et vous ?

Elle rougit.

— Moi je... je ne pensais pas à vous.

Il la maintenait toujours par les épaules. Et la proximité de ce corps masculin presque nu la troublait intensément.

— Pourquoi me poursuivez-vous ? murmura-t-elle.

Il plongea son regard dans le sien.

— C'est ce que vous pensez ?

— Croyez-vous que je sois aveugle ?

Elle se raidit.

— Ma marraine vous a demandé de ne plus m'importuner, monsieur Ventura !

— Et pourquoi obéirais-je à votre marraine ? se moqua-t-il.

Il lui caressa doucement la nuque :

— Vous aviez envie de me revoir, Dina...

— Sûrement pas !

— Inconsciemment, en tout cas !

Il la contemplait comme s'il avait voulu enregistrer chacun de ses traits dans sa mémoire. Elle regretta d'avoir laissé tomber ses lunettes de soleil un peu plus loin sur la plage...

— Ne me regardez pas ainsi ! supplia-t-elle.

— Je cherche la vraie Dina Caslyn... La petite rebelle qui se cache derrière cette froide réserve. Celle qui rêve d'amour !

— L'amour n'est qu'un mot.

— Oh non, Dina ! C'est un état d'esprit qui vous rend entièrement dépendant, corps et âme... C'est aussi un rêve...

— Un rêve ? Ne me dites pas qu'un homme comme vous rêve !

Elle tenta d'ironiser, parce qu'elle craignait de devenir trop grave.

— Non, je ne vous vois pas avec un rêve en tête. Je vous imaginerais plutôt un fusil à la main...

— Mais je ne porte pas de fusil, *signorina.*

— Dommage, cela vous irait assez bien !

— Le brigand, n'est-ce pas ?

— Quand votre grand-père est venu d'Italie, il était certainement armé ! Je sais qu'il a fait partie d'un gang de malfaiteurs tristement célèbre !

— Tiens, vous savez cela ? fit-il à mi-voix.

— Quand ma marraine a appris que vous aviez acheté le *Manoir du Challenge,* elle a fait une petite enquête à votre sujet.

Il fronça les sourcils, et elle regretta aussitôt de lui avoir parlé de cela, alors que ce n'était pas son intention. Mais elle était si troublée qu'elle ne savait plus très bien ce qu'elle disait...

— Ainsi, Bella Rhinehart a ouvert les hostilités, remarqua-t-il. Et elle a découvert que mon grand-père était un gangster... Mais cela se passait il y a très longtemps, Dina. Dans les années vingt ! Beaucoup d'eau a passé sous les ponts depuis !

Il leva la main.

— Oh, je ne nie rien ! Quand je suis né, mon

grand-père était déjà un vieil homme, et, en dépit de tout ce qu'il avait pu faire — et que j'ignorais à l'époque —, je l'adorais. Par contre, mon père était le plus honnête des hommes. Il a su m'élever en m'inculquant le sens de l'honneur. Que vous le croyiez ou non, Dina, c'est ainsi !

Il haussa les épaules :

— D'ailleurs, je me moque bien de ce que vous pouvez croire !

Il la lâcha brusquement et suivit des yeux le vol d'une mouette.

Dina ne pouvait détacher son regard de cet homme à la haute stature. Soudain, il eut un rire plein de cynisme.

— Il y a des gens qui n'oublient jamais, n'est-ce pas ? Des gens qui adorent remuer la boue...

Son visage durcit.

— Ah, quand je pense qu'en ce moment, mon père se trouve dans son magnifique jardin, près de Milan... Son jardin plein de lavande, de lupins et d'acanthes...

Il ferma à demi les yeux.

— Comme ça sent bon, là-bas, quand le soleil chauffe toutes ces plantes aromatiques ! Pourquoi ne suis-je pas en Italie ? A quoi bon m'entêter à rester ici ?... Tout cela pour me faire traiter de gangster par une femme aigrie et sa filleule qui, d'ici quelques années, lui ressemblera trait pour trait !

Il pivota sur lui-même et lui tourna le dos.

— Je m'en vais...

— Raf !

Il s'immobilisa et, lentement, se retourna. Un sourire sardonique détendait ses lèvres.

— Votre marraine peut être fière de vous ! Elle a fait d'une créature vivante un mannequin plein de raideur et de froideur. Bravo !

— Raf...

— Je vous laisse la Crique des Nonnes, jolie poupée sans cœur. Vous pourrez dorénavant y prendre vos bains de soleil sans risquer d'être importunée par ma présence ! Même si vous m'y invitiez, je refuserais de vous y rejoindre ! *Addio !*

« Adieu », aurait-elle dû lui répondre. A lieu de cela, elle s'entendit lui dire :

— J'ai des sandwiches et une thermos de café. En voulez-vous ? Après ces... ces émotions, un peu de café vous ferait du bien.

Il secoua la tête.

— Non, merci. Je n'ai aucune envie de partager votre repas !

— Ne boudez pas, Raf !

Il lui fit face, les bras croisés

— Ainsi que vous me l'avez rappelé, mon grand-père était un gangster ! Il est mort en prison... Avec une telle hérédité, que peut-il y avoir de commun entre nous ?

— Oh, Raf ! s'exclama-t-elle.

Elle courut vers lui et se jeta dans ses bras. Il l'étreignit et elle eut l'impression de devenir une partie de lui-même, tant il l'enlaçait fort, tant elle se sentait protégée...

Elle leva les yeux et rencontra son regard. Il avait une expression à la fois surprise et attendrie. Mais bien vite, il redevint ironique.

— C'est donc vous qui me tentez ?

— Mais non...

— Alors pourquoi...

Elle soupira.

— Vous aviez de la peine. Et... je n'ai pas pu le supporter.

— Vous avez eu tort de vous laisser émouvoir. Votre marraine ne serait pas très fière de son œuvre en ce moment ! Songez, sa filleule a laissé parler ses sentiments ! Quel crime !

— Je vous en prie, ne me parlez pas de ma marraine ! Pendant une heure, tâchons d'oublier tout le reste...

Doucement, elle lui caressa la joue.

— Vous ressemblez à ces peintures de l'époque Renaissance... Je vous imagine chevauchant à travers la campagne florentine, vêtu comme un seigneur...

— Vous ne me voyez pas plutôt errant dans les quartiers mal famés de Chicago, un revolver glissé dans la ceinture ?

— Je vous en prie !

— C'est vous qui avez commencé, Dina ! Au fond de vous-même, ne craignez-vous pas que je sois un autre Don Cicero ?

— Don Cicero ?

— Mon grand-père...

Soudain, il sourit et ses dents étincelèrent dans son visage hâlé.

— Si nous allions passer quinze jours en Floride ?

— Ne dites pas de sottises, Raf.

Il haussa les épaules.

— Vous avez raison. Buvons plutôt ce café...

— Il n'y a que du café et des sandwiches, lui rappela-t-elle, soudain mal à l'aise.

— Pas de dessert ?

— Non...

Elle fronça les sourcils.

— Raf, je regrette d'avoir parlé ainsi de votre grand-père... Mais j'avais peur, et c'était la seule arme dont je disposais pour vous... pour vous...

Il hocha lentement la tête.

— C'était une bonne arme. J'étais prêt à partir pour toujours et à ne plus jamais vous importuner !

Il la fixa, les yeux rétrécis.

— Mais vous m'avez rappelé !

Elle baissa la tête en rougissant.

— Oui, admit-elle enfin.

— Nous sommes attirés l'un par l'autre, Dina. Pourquoi le nier ?

— Je... je ne suis pas attirée par vous.

— Ne mentez pas. Voyons, auriez-vous aimé me voir dévoré par le requin ?

— Non ! Je ne souhaite une telle mort à personne. Même pas à mon pire ennemi !

Elle ouvrit le panier qu'elle avait demandé qu'on lui prépare aux cuisines de Satanita.

— Oui, j'ai bien une thermos de café, murmura-t-elle comme pour elle-même.

Raf l'attira contre lui et posa ses lèvres sur sa gorge.

— Raf, je vous en prie...

Il la maintenait solidement contre lui, et ses lèvres erraient sur la peau nue de son cou, éveillant en elle mille sensations inconnues.

— Raf ! supplia-t-elle.

Le bruit des vagues qui se brisaient sur les rochers lui parvenait aux oreilles, comme les cris des mouettes qui continuaient à planer au-dessus des vagues, piquant de temps en temps droit sur l'eau.

— Vous avez peur du petit-fils de Don Cicero ? Vous craignez qu'il ne soit incapable de se conduire en gentleman ?

Il jeta un coup d'œil autour de lui.

— Nous sommes seuls ici, Dina. Il n'y a pas un témoin... Je pourrais faire de vous tout ce que je voudrais !

Il lui caressait le dos et les épaules et elle ferma les yeux en retenant un gémissement qui venait du plus profond d'elle-même.

— Raf, je vous en prie ! murmura-t-elle d'une voix rauque qu'elle ne se connaissait pas.

Il défit le médaillon d'or qui brillait sur sa poitrine et le glissa au cou de la jeune fille.

— J'aimerais que vous le gardiez toujours, Dina... Il m'a porté chance jusqu'à présent...

— Mais je ne veux pas qu'à cause de moi, vous perdiez cette espèce de talisman !

— Je suis assez fort pour obliger la chance à me sourire !

Elle contempla le médaillon. C'était une pièce d'or très ancienne datant probablement de l'époque des Romains.

Le métal précieux avait gardé la chaleur du corps de Raf...

— Je... je n'ai rien à vous offrir en échange ! Je ne peux pas accepter un tel cadeau...

— En échange ? Mais vous avez du café et des sandwiches ! sourit-il.

Elle répondit à son sourire et se pencha de nouveau sur le panier. Pendant qu'elle en sortait le pique-nique, Raf alla ramasser ses lunettes de soleil.

Quand il revint, elle lui tendit une assiette de carton sur laquelle elle avait disposé deux sandwiches et un peu de salade de tomates.

— *Grazie !*

Il sourit.

— Que dirait Bella Rhinehart si elle me voyait partageant avec sa filleule ce délicieux pique-nique ?

Dina serra les lèvres.

— Je vous ai demandé de... de ne pas parler de ma marraine !

— Alors parlons de vous ! Vous êtes ravissante, Dina, avec vos cheveux en désordre et vos longues jambes nues...

Elle avala sa salive. « Attention ! » disait une petite voix à l'intérieur d'elle-même.

— Je me sens coupable, murmura-t-elle. Je trompe tout le monde en ce moment...

— Comme dessert, j'aimerais une jolie blonde aux yeux d'ambre...

— Vous êtes un homme étrange, Raf. Quand vous dites que votre père a su vous inculquer le sens de l'honneur, je le crois.

Elle soupira.

— Rien n'est possible entre nous, vous le savez aussi bien que moi. Pourtant, un lien étrange existe... J'en garderai toujours le souvenir...

— Vous parlez comme une femme arrivée au terme de sa vie ! Alors que vous en êtes à peine à l'orée !

— Quand j'épouserai Bay...

— Vous ne l'aimez pas.

— Mais si ! protesta-t-elle.

— Comme un frère, peut-être ! lança-t-il avec mépris. Rien de plus !

— Qu'en savez-vous ?

— Vous ne pouvez pas aimer un jeune homme dont le seul but dans la vie est de gagner le prochain tournoi de tennis !

— Je ne veux pas parler de Bay avec vous.

— Je vous ferai remarquer que c'est vous qui avez cité son nom la première !

Elle rougit. Pourquoi avait-elle parlé de Bay ? Par un besoin instinctif de protection ?

— Les femmes sont bizarres, murmura-t-il. Je ne comprends pas toujours leur logique...

— Pourtant...

— Je sais, il s'agit de leur logique à elles ! se moqua-t-il. Il n'empêche que votre manière de réfléchir me paraît particulièrement embrouillée ! Il se pencha vers elle.

— Savez-vous pourquoi vous épouserez Bay Bigelow ? Uniquement pour complaire à Bella Rhinehart qui, grâce à vous, se verra ainsi lancée dans le monde politique... Je ne serais pas étonné qu'elle n'arrive à faire de votre Bay un homme d'état d'importance !

Pour Bay, pour sa filleule — mais surtout pour elle

—, Bella ne briguait pas moins que la présidence ! Et elle était si tenace qu'elle était bien capable de parvenir à ses fins !

Un brusque écœurement saisit Dina. Elle n'était donc qu'un jouet entre les mains expertes de sa marraine ?

— Ne parlons plus de cela, je vous en prie ! Vous... vous m'empêchez de profiter de mon déjeuner.

— Il vaut mieux gâcher un déjeuner qu'une vie entière !

Elle crispa ses doigts tremblants sur sa serviette. Mais Raf n'avait pas fini...

— Si je vous compromettais, il ne serait plus question de mariage avec le fils du Sénateur Bigelow ?

Comme elle demeurait silencieuse, il insista :

— Dites-moi ?

Elle le fixa, les yeux agrandis. La menaçait-il sérieusement ? Ou bien cherchait-il seulement à savoir jusqu'où il pouvait aller ?

— Vous... vous ne feriez pas cela !

— Parions !

Elle jeta sa serviette sur le sable.

— Je pensais que nous avions conclu une trêve. Et voilà où nous en sommes ! Il faut donc toujours que vous vous montriez désagréable ?

— Je n'ai jamais prétendu être un homme particulièrement agréable !

Elle soupira et il lui tendit ses lunettes de soleil.

— Mettez-les donc ! Peut-être me verrez-vous différemment à travers vos verres teintés !

Elle haussa les épaules.

— Vous êtes cynique !

— Nullement. Je pense à...

— A quoi pensez-vous ? Je me le demande !

— A mon dessert.

Elle se raidit.

— Oui, vous êtes cynique ! répéta-t-elle. Où voulez-vous en venir ? A ce que je vous déteste ?

— Mais non ! Je dis ce qui me vient à l'esprit sans me soucier des conséquences ! Je ressemble en quelque sorte au requin qui referme ses mâchoires sur ce qui passe à sa portée sans trop savoir ce qu'il va trouver...

— Ne me parlez plus du requin ! s'exclama Dina en frissonnant.

— De quoi allons-nous parler ?

Elle chercha fébrilement.

— De... de votre future demeure !

Il plissa les lèvres dans un sourire sardonique.

— Si vous voulez ! Ainsi, je découvre une maison qui me plaît. Je l'achète, j'engage un architecte et des décorateurs... Qu'arrive-t-il alors ? Votre marraine apprend que je suis le nouveau propriétaire du *Manoir du Challenge* et elle s'empresse d'envoyer une armée de détectives fouiller dans mon passé et celui des miens !

Il ricana.

— Ah, si j'avais été quelqu'un de son milieu, Bella Rhinehart aurait été ravie de m'avoir comme voisin ! Mais au lieu de cela, elle apprend que je suis le petit-fils d'un gangster. Quelle horreur ! Qu'apprend-elle encore ? Que loin d'avoir fait partie de la jeunesse dorée, j'ai dû travailler pour survivre ! Et que si maintenant que je suis devenu riche, je ne le dois qu'à moi...

— Mais vous devriez être fier de votre réussite !

— Je le suis. Cependant, les Américains, à notre époque, ne savent plus apprécier ceux qui ont assez de courage pour entreprendre... Vous marraine devrait se méfier... Si elle cherche à me nuire, elle risque de voir ses vilaines petites manigances se retourner contre elle !

Son visage était devenu menaçant.

— Pourquoi avez-vous acheté précisément le *Manoir du Challenge*? soupira Dina. Il y a tant d'autres belles maisons en Californie ! Je suis sûre que vous auriez pu en trouver une qui aurait été immédiatement habitable... Vous allez engloutir une fortune dans la rénovation du manoir...

Elle secoua pensivement la tête.

— Pourquoi être venu ici ? demanda-t-elle encore. On dirait que vous cherchez à vous attirer des ennuis !

— Le *Manoir du Challenge* me plaît. Et ce n'est pas une Bella Rhinehart qui va me dicter sa loi ! Elle ne me fait pas peur, Dina ! Et vous, vous ne devriez pas non plus avoir peur d'elle !

— Mais je ne...

— Vraiment ?

Il eut un sourire amer.

— En ce moment même, vous redoutez qu'elle ne devine par magie où vous trouver !

— Non, voyons ! s'exclama la jeune fille, mal à l'aise.

— Croyez-vous que je ne lis pas en vous ?

Dina se redressa.

— Bella a toujours été très bonne et très généreuse envers moi ! Elle songe à assurer mon avenir... Pour vous, les filles ne sont rien d'autre que des conquêtes vite oubliées. Tout ce que vous désirez, c'est ajouter une proie de plus à votre tableau de chasse... Mais je ne ressemble pas aux femmes faciles que vous avez l'habitude de côtoyer !

— Que savez-vous de mes relations ?

— Oh, j'ai assez d'imagination pour...

Il lui coupa la parole.

— Vous vous croyez très supérieure aux autres, n'est-ce pas, Dina ? La petite déesse sur son piédestal ! La statue intouchable...

Il lui caressa les cheveux. Ils avaient gardé cette couleur d'or pâle qu'ils avaient lorsqu'elle était enfant, lorsque Bella était venue la chercher dans ce cottage mal entretenu pour l'emmener à Satanita...

Raf reprit la parole. On aurait cru qu'il avait suivi toutes ses pensées...

— Si Bella a choisi de s'occuper de vous, Dina, c'était certainement parce que vous étiez une petite fille tendre. Elle savait qu'elle parviendrait à vous manipuler comme une marionnette !

Il se rapprocha d'elle d'un mouvement souple.

— De quel droit me jette-t-elle de la boue ? Suis-je responsable des fautes de mon grand-père ? J'ai toujours vécu de manière irréprochable. Nul ne peut m'attaquer... Mais les gens comme votre marraine trouvent le moyen de me salir et m'attribuant les erreurs des autres. Trouvez-vous cette manière d'agir très estimable ?

Il crispa les mâchoires. Maintenant, son visage était seulement à quelques centimètres de celui de Dina.

— Raf, je vous en prie... murmura-t-elle.

Elle détourna la tête pour échapper à son regard intense.

— Vous gâchez tout, soupira-t-elle.

— Tout ?

— Notre... amitié.

Elle haussa les épaules.

— Je sais, vous n'êtes pas le genre d'homme à vous faire des amis. Vous n'avez pas assez confiance pour cela. Vous vous méfiez des gens ! Mais entre nous, il y avait...

Il l'interrompit d'un rire dur.

— Une pure amitié en attendant que vous épousiez votre Bay !

Il l'enlaça et elle se débattit de toutes ses forces.

— Laissez-moi !

Au lieu d'obéir, il la serra plus fort.

— Comme vous êtes douce... murmura-t-il en lui caressant la joue.

— Oh ! Pourquoi vous ai-je rappelé ? se lamenta-t-elle. Vous vouliez partir, et j'ai eu la faiblesse de...

— A quoi bon avoir des regrets ? Ne savez-vous pas encore qu'ils sont inutiles ?

— Vous vous conduisez comme... comme un véritable sauvage !

— Belle au Bois Dormant, vous devriez vous réveiller avant qu'il ne soit trop tard !

Il voulut prendre ses lèvres. Alors elle se rejeta brusquement en arrière, leva le poing et, de toutes ses forces, le frappa au creux de l'estomac.

Aussitôt, il la lâcha et grimaça de douleur. Stupéfaite, elle le contempla avec frayeur. Déjà, le remords la dévorait...

Mais il ne l'avait pas embrassée.

Et c'était presque une victoire... Elle redoutait tant les révélations qu'un tel baiser lui aurait apportées !

— Petite brute ! murmura-t-il. Ainsi, vous êtes capable de frapper !

— C'est vous qui m'y avez obligée.

Le moment dangereux était passé, et un soulagement sans nom la gagna. Mais ce soulagement était mêlé de nostalgie, d'insatisfaction...

— Vous prétendez que les gens qui me veulent du bien, gâchent ma vie... Mais savez-vous que mon père a été ruiné par des hommes de votre genre ?

Curieusement, elle n'avait plus du tout peur de lui. Elle ne craignait plus ses réactions...

— Laissez-moi tranquille ! Laissez-moi mener mon existence comme je l'entends ! Et n'essayez plus jamais de m'approcher ! déclara-t-elle.

— Pourquoi ? Seriez-vous également ceinture noire de judo ?

— Allez au diable, Raf Ventura !

Avec brusquerie, elle jeta les restes du pique-nique dans le panier, s'empara de sa serviette de bain et partit en courant.

Les larmes ruisselaient sur son visage, mais elle ne prit même pas la peine de les essuyer. Sa voiture était garée à peu de distance de là. Elle s'effondra sur le volant. Maintenant, elle sanglotait, en proie à une espèce de crise de nerfs.

Peu à peu, elle s'apaisa. Le rétroviseur lui renvoya l'image de son visage ravagé.

— Je ne peux pas rentrer à Satanita dans cet état ! soupira-t-elle.

Avec des mains tremblantes, elle se recoiffa, puis elle essuya ses yeux et passa un bâton de rouge sur ses lèvres.

Elle lissa le col de son chemisier, et ses doigts rencontrèrent alors le médaillon que Raf lui avait offert.

Un instant, elle eut envie de l'arracher et de le lancer loin d'elle, dans ces hautes herbes où nul ne le retrouverait jamais.

Mais elle revit le visage de Raf. Ses yeux gris ironiques, ses lèvres sensuelles sur lesquelles jouait un sourire...

— Je le déteste !

Oui, elle le haïssait, cet homme qui avait pénétré dans sa vie sans crier gare. Cet homme qui la forçait à mentir à sa marraine, à tromper Bay...

Elle mit la clé de contact et un rayon de soleil fit étinceler sa bague de fiançailles.

Où pouvait-elle aller maintenant, sinon à Satanita ? Mais elle ne se sentait pas le courage de rentrer comme si de rien n'était... Elle avait soudain envie de se dépenser physiquement, d'aller jusqu'à l'extrême limite de ses forces.

Car si sa marraine la voyait dans cet état, elle

aurait tout de suite des soupçons et la presserait de questions jusqu'à ce qu'elle réussisse à apprendre quelque chose.

Elle décida soudain de se rendre au country-club. Elle trouverait bien là-bas un partenaire pour jouer au tennis !

Au lieu de se diriger vers Satanita, elle partit donc vers le club, où elle aperçut immédiatement Jack, le professeur de tennis.

— Oh, Jack, avez-vous le temps d'échanger quelques balles avec moi ?

— Mais oui. Je n'ai pas de leçons avant trois heures !

Dina tapait de toutes ses forces sur la balle, sans penser à autre chose... Après le premier set, Jack eut un hochement de tête approbateur.

— Vous avez fait de nets progrès, Miss Caslyn ! Vous devriez participer au prochain tournoi d'amateurs...

Elle s'efforça de sourire.

— Il y a des jours où... où l'on se sent en meilleure forme.

Pendant l'heure qui suivit, elle se concentra totalement sur son jeu. On n'entendait que le rebond de la balle, le choc des raquettes et les « han » des joueurs.

— Merci, Jack ! dit-elle enfin en essuyant la sueur qui perlait à son front.

— Bravo ! Avez-vous le temps de venir boire quelque chose au bar ?

— Euh... oui, avec plaisir !

Elle se sentait à l'aise avec le professeur de tennis, dont la conversation roulait surtout sur son sport favori. Il ne tarda pas à la quitter :

— Je dois aller donner mes cours maintenant !

Dina resta sur la terrasse du bar. Elle se sentait

capable de rentrer à Satanita et d'affronter sa marraine sans rien laisser transparaître.

Au moment où elle s'apprêtait à se lever, elle s'immobilisa, se demandant si elle ne rêvait pas...

Ces deux hommes qui s'affrontaient sur un court de tennis... L'un aussi brun que l'autre était blond...

Il lui sembla que son cœur s'arrêtait de battre. Elle ne se trompait pas. C'était bien Bay et Raf qui jouaient, là-bas, avec autant d'ardeur et de violence que si leur vie en dépendait... Ce n'était plus un jeu qui les opposait. Cela ressemblait à un duel !

Elle serra les mâchoires. Comme elle avait été sotte de croire que cet Italien la laisserait tranquille après ce qui s'était passé à la Crique des Nonnes ! Elle aurait dû deviner qu'il trouverait un moyen détourné pour l'approcher !

Elle était toujours figée sur place, sans pouvoir quitter des yeux les deux hommes qui s'affrontaient sur le court ensoleillé.

Comment Raf Ventura et Bay Bigelow s'étaient-ils rencontrés ? Et pourquoi avaient-ils décidé de jouer au tennis ?

Un sourire amer plissa ses lèvres. Elle n'ignorait pas que Bay, en sportif accompli, était toujours prêt à se mesurer à d'autres. Si Raf lui avait téléphoné en lui proposant un match de tennis, il n'avait certainement pas hésité à accepter !

Bay était un excellent joueur, mais Raf était également un habitué des courts, cela se voyait au premier coup d'œil. Il renvoyait la balle avec une main de maître et bondissait au filet avec cette souplesse animale qui le caractérisait.

« Pourvu que Bay gagne ! » supplia-t-elle.

Son fiancé était surpris par la rapidité des balles que lui envoyait son adversaire. Celles-ci filaient comme des boulets en rasant le filet...

Soudain, Dina se précipita et rejoignit les spectateurs qui s'étaient installés sur les bancs pour regarder ce match exceptionnel.

— Avec qui joue Bay ? lui demanda une jeune femme d'une voix snob, très haut perchée.

— Euh, je... je ne sais pas.

Pour éviter d'autres questions embarrassantes, elle alla se placer de l'autre côté du court, là où Raf Ventura ne pouvait pas manquer de la voir...

Il l'aperçut, en effet, et manqua une balle pourtant facile...

Dina eut un sourire satisfait et adressa un signe d'encouragement à Bay. S'il se sentait soutenu, il allait retrouver sa forme et ne pas se laisser intimider plus longtemps par son adversaire !

Les spectateurs étaient de plus en plus nombreux, et Dina ne pouvait plus leur échapper.

— Il est rare que Bay Bigelow trouve un partenaire à son niveau ! s'exclama une jeune fille. On se demande qui va gagner...

Elle se pencha en avant, visiblement fascinée.

— Mais qui est cet homme ? Oh là là, la façon dont il montre ses dents ! On dirait un loup !

Oui, ses dents étincelaient dans son visage tanné, tout comme ses yeux à l'éclat métallique...

Dina porta les mains à son cœur. Elle ne pouvait pas supporter de voir Raf gagner ! Et si elle allait dire au secrétaire du club qu'un individu ne possédant pas la qualité de membre s'était introduit sur les courts de tennis ?

Non, c'était impossible...

Sans attendre davantage, elle tourna les talons et courut vers sa voiture. Tout en roulant vers Satanita, elle se dit qu'elle était lâche... Elle aurait dû rester pour soutenir Bay !

Si Raf gagnait, il était probable qu'il se vanterait — lui le restaurateur qui fournissait le club —, d'avoir battu le meilleur joueur de tennis de cette petite coterie de snobs !

Heureusement, Bella n'était pas à Satanita... Elle était allée dîner en ville avec des amis. Dina prit donc son repas seule sous la véranda.

Elle alla ensuite se promener dans le parc. Ce fut là que Bay vint la retrouver.

— Oh, Bay, je suis désolée de ne pas être restée au club, tout à l'heure...

Elle secoua la tête.

— Mais cette partie était tellement... tellement...

Il lui prit les mains.

— Comme tu es sensible ! s'étonna-t-il.

— Je n'ai pas eu le courage de rester jusqu'au bout !

— Tout s'est bien passé ! Après ton départ, les choses ont tourné à mon avantage. Et j'ai gagné. De justesse ! Mais j'ai gagné quand même !

— J'en suis contente ! Je voulais tant que ce soit toi qui remportes cette partie !

— Pourquoi prends-tu tout cela tellement à cœur ? Ce n'était qu'un jeu...

— Un jeu ? J'avais l'impression de voir deux fauves se battre !

Il l'embrassa doucement sur la joue. Dina lui tendit ses lèvres et l'embrassa avec une passion qui lui était inhabituelle.

— Oh, Bay... soupira-t-elle. Je voudrais que nous soyons mariés.

— Moi aussi, ma chérie. Mais nous devons attendre que Bella et maman organisent la réception... Cela paraît tellement important pour elles !

Dina eut un frisson.

— J'aimerais mieux que notre mariage ait lieu dans l'intimité !

— C'est bien mon avis. Mais que veux-tu, nous

sommes dans une position telle que nous ne pouvons pas nous contenter d'un mariage simple.

Il lui caressa les cheveux.

— Tu seras si jolie dans ta robe blanche... Tous mes amis m'envieront ce jour-là !

Son regard s'assombrit.

— Par moments, je me demande si tu désires vraiment te marier... Au fond, je ne te connais guère ! soupira-t-il.

— Voyons, Bay ! Bien sûr, tu me connais ! s'exclama-t-elle en s'efforçant de paraître convaincue.

Elle eut un petit rire.

— Songe que la première fois que nous nous sommes vus, tu avais seize ans et moi treize ! Ta mère m'avait invitée à l'occasion de ton anniversaire... Je me souviens que Bella en était ravie !

Elle se rappelait en effet combien sa marraine avait attaché d'importance à cette invitation. Car si les Bigelow acceptaient de recevoir sa filleule, cela signifiait que la bonne société tirait un trait sur le passé de l'adolescente...

Bella l'avait emmenée à Los Angeles pour lui acheter une robe neuve, ainsi qu'un présent coûteux pour Bay. Dès ce jour-là, elle en était sûre, sa marraine avait commencé à mettre au point le plan destiné à mener sa filleule très loin, très haut...

Bay n'était-il pas un parti idéal ? Il était bien né, bien élevé, séduisant... De plus, il était riche, et s'il consentait à se lancer dans la politique, avec les appuis dont disposait son père, il ne tarderait pas à devenir quelqu'un de très important.

« Je voudrais être heureuse ! songea Dina. Je voudrais être amoureuse... »

— Il est déjà tard, chérie. Tu devrais être au lit !

— Je ne suis plus une petite fille, Bay.

— Je le sais bien !

— Pourtant tu me parles comme si j'avais encore treize ans !

Elle le menaça du doigt.

— Et c'est toi qui t'es conduit comme un gamin cet après-midi ! Ce match de tennis...

Elle laissa sa phrase en suspens, et Bay haussa les épaules.

— J'admets qu'il y avait une part d'enfantillage dans tout cela ! Mais quand Ventura m'a téléphoné en pariant qu'il me battrait, je me suis senti obligé de relever ce défi !

Il fit une grimace.

— D'autant plus que Bella m'a appris qu'il avait acheté le *Manoir du Challenge* avec de l'argent dont la provenance est pour le moins douteuse !

Dina sursauta.

— De l'argent de provenance douteuse ! s'exclama-t-elle avec indignation. Oh, pourquoi Bella se complaît-elle tant à remuer la boue ?

Avec surprise, elle s'aperçut qu'elle employait les mêmes termes que Raf...

— Moi-même, Bay, suis-je irréprochable ?

— Que veux-tu dire ?

— Tu sais parfaitement que mon père a été ruiné à la suite d'une malheureuse association avec des gens malhonnêtes. Après cela, il est allé vivre dans un cottage délabré au bord d'une plage... Et il a tâché d'oublier ses soucis dans l'alcool !

Elle lui fit front.

— Ce n'est pas un secret ! Et je n'ai pas honte de dire que mon père s'est suicidé, tant la vie lui pesait.

— Voyons, Dina...

Mais elle n'avait pas fini...

— Si maintenant je suis ici, à Satanita, si tes parents ont jugé que j'étais une fiancée acceptable pour toi, c'est grâce à Bella ! Elle a su m'élever de telle sorte que j'ai été admise par les gens de ton milieu.

— Les gens de mon milieu, comme tu dis, ne sont pas des saints ! Tu le sais aussi bien que quiconque.

— Tu l'admets donc ?

— Naturellement... je vois clair, tu sais !

Son regard s'évada.

— Il y a quelque chose chez ce Ventura qui me met mal à l'aise. On dirait par moments qu'il lit en vous !... Devant lui, j'ai l'impression d'être un gamin... Il me semble qu'il va me dire d'aller retrouver mes petits camarades !

Il fixa Dina d'un air songeur.

— Toi non plus, tu ne l'aimes pas.

— Non...

— Alors ne parlons plus de lui ! Laissons Bella faire ce qui lui plaît... Elle va sûrement s'arranger pour lui rendre la vie impossible. Alors il vendra le manoir et ira s'installer ailleurs pour y jouer le nouveau riche.

— Ce n'est pas un nouveau riche.

— Tiens donc !

— Non ! Il a en lui une distinction innée, transmise par des siècles de civilisation. Cela, les Américains doivent l'acquérir !

Le visage de Bay durcit. Soudain, il paraissait presque laid.

— Tu ne vas pas me dire que cet ancien garçon de café est mieux élevé que moi !

— Ce n'est pas cela... Il s'agit de nuances plus subtiles...

— Je ne comprends pas.

— Disons que Raf Ventura a assez d'audace pour être lui-même, tout simplement. Et maintenant, Bay, je vais aller me coucher.

Le jeune homme la regardait avec une surprise non dissimulée.

— Que t'arrive-t-il, Dina ? Tu es... presque provocante. On dirait que tu es fâchée contre moi.

— Mais non ! fit-elle avec lassitude.

Elle soupira.

— Tu as dit tout à l'heure que tu ne me connaissais pas vraiment. Eh bien, par moments, j'ai l'impression que je ne me connais pas moi-même !

Songeuse, elle ajouta :

— Quel est l'être humain qui peut dire avec certitude qu'il se connaît, d'ailleurs ?

— Te voilà bien sérieuse !

Il lui reprit les mains.

— En tout cas, je suis sûr d'autre chose : tu possèdes une qualité que bien d'autres filles n'ont pas !

— Laquelle ?

— La vertu.

Elle haussa un sourcil, et il eut un rire gêné.

— Je sais... Cela peut paraître ridicule de parler ainsi à notre époque. Mais crois-moi, je pense vraiment ce que je dis.

Dina rougit.

— A cause de cela, tu oublies tout ce qu'a fait mon père ?

— Voyons, Dina, tu étais une enfant à l'époque ! On ne peut pas te reprocher les fautes de ton père !

— Bien sûr...

Elle détourna la tête. Elle pensait à Raf Ventura... Pouvait-on lui reprocher les fautes de son grand-père ? C'aurait été tout aussi injuste !

Elle avala sa salive. Soudain, sa gorge était serrée et elle avait envie de pleurer.

Le jour de son mariage, elle serait vêtue de blanc, et Bay la couvrirait de diamants. Mais son cœur serait loin, très loin de là...

— Puis-je t'embrasser ? demanda Bay presque timidement.

— Bien sûr !

Elle lui tendit son joli visage et ses lèvres closes. La bouche de Bay effleura à peine la sienne.

Pour lui, elle était l'image de la vertu. La jeune fille pure et sage qu'il avait toujours vue sur un piédestal...

La femme qu'il souhaitait épouser devait faire montre de sagesse, de discrétion et de réserve. Il ne s'attendait nullement, en la prenant dans ses bras, à éveiller une réponse passionnée !

5

Les préparatifs du mariage battaient leur plein. Bella avait commandé à Ceylan l'étoffe de soie dans laquelle l'un des meilleurs couturiers de Los Angeles couperait la robe de mariée de sa filleule...

La traîne serait ornée de dentelle précieuse. Quant aux chaussures, elles étaient réalisées par un bottier d'Hollywood habitué à se plier aux caprices de son excentrique clientèle de stars.

Dina s'efforçait de rester calme... Pourtant toute l'excitation joyeuse qui l'entourait affectait étrangement ses nerfs.

Oh, que n'aurait-elle donné pour que ce mariage soit célébré dans l'intimité ! La perspective de cette grande fête à laquelle tenaient tant sa marraine et Mme Bigelow la terrorisait.

Le seul point positif dans tout ceci était que Bella oubliait Raf Ventura, tant elle était occupée !

Ce jour-là, Dina devait aller essayer sa robe de mariée...

Belle porta les mains à ses tempes.

— Je ne peux pas t'accompagner : j'ai une migraine terrible !

Quand elle avait une migraine, elle était incapable de faire quoi que ce soit... Elle pouvait seulement s'allonger sur son lit, dans l'obscurité totale.

— Je resterai avec vous, décida Dina.
— Non !
— Je ne veux pas vous laisser dans cet état !
— Non ! répéta Bella avec emportement. Il faut absolument que tu ailles essayer ta robe. C'est très important !
Il était inutile de tenter de discuter avec Bella quand elle était souffrante. Dina le savait mieux que quiconque !
— Oh, pourquoi faut-il que j'aie la migraine, juste aujourd'hui ? se lamenta Bella.
Dina l'embrassa.
— Reposez-vous...
Bella lui agrippa les mains.
— Dina... fit-elle d'une voix fébrile. Je ne t'en ai jamais parlé auparavant... Mais il faut que tu saches que ton père représentait beaucoup pour moi. J'ai été désespérée quand je l'ai vu gâcher ainsi son existence. A aucun prix, je ne voudrais que la même chose t'arrive...
Elle parlait d'une voix hachée.
— Bay est un garçon charmant... Il sera pour toi un mari parfait. Tu verras, tu n'auras pas de regrets...
— Pourquoi aurais-je des regrets, Bella ?
— Me crois-tu aveugle ?
Elle soupira.
— Les jeunes filles rêvent d'amour... Mais il ne faut pas que tu penses à cela. La vie est loin d'être un rêve ! Ce que tu auras est tellement plus important ! La sécurité, une position dans le monde... Les Bigelow représentent une espèce de dynastie en Californie. Leurs ancêtres ont été parmi les pionniers qui ont exploré cette région.
Elle tenait toujours les mains de sa filleule avec fièvre.

— Ne sois pas trop idéaliste, Dina ! Il faut que tu t'en tiennes aux valeurs sûres, aux bases solides !

Dina tenta de la calmer.

— Bien sûr, Bella. Vous savez parfaitement que je suis raisonnable !

— Souvent, j'ai lu dans ton regard la même instabilité qu'on lisait dans celui de ton père... Mais promets-moi...

— Quoi donc, Bella ?

— Promets-moi que tu épouseras Bay !

— Naturellement, voyons...

— Même si le démon essaie de te tenter !

Elle lâcha enfin sa filleule et eut un gémissement de douleur.

— Oh, comme j'ai mal !

— Reposez-vous, Bella ! Sinon la migraine va encore s'aggraver.

— Promets-moi...

— Vous savez que vous pouvez compter sur moi !

— Ces derniers temps, tu as changé. Je ne te reconnais plus ! Est-ce à cause de cet homme ?

Dina se raidit.

— Non !

Elle n'avait pas eu besoin de demander à sa marraine à qui elle se référait lorsqu'elle disait *cet homme...*

— Il a réussi à te bouleverser ! Et c'est par des gens de ce genre que ton père a été conduit à la faillite !

Dina s'efforça de parler d'un ton léger.

— N'ayez crainte, Bella ! Je n'ai aucune intention de voir mon existence dérangée ! Je tiens trop à cette sécurité qui m'a tant manqué autrefois.

Elle se redressa.

— Je vais aller à Los Angeles afin d'essayer ma robe. Et j'en profiterai pour passer chez Royal & Weale pour voir si mes chaussures sont prêtes.

Bella lui reprit les mains.
— Suis-je trop autoritaire ?
— Voyons, Bella ! supplia la jeune fille.
— Suis-je despotique ?
Elle paraissait pathétique. Cela lui ressemblait si peu que Dina se sentit mal à l'aise.
— Bella, je vous en prie...
— Vois-tu, je voudrais tant que tout soit parfait ! Ton mariage doit être une réussite ! Les gens en parleront pendant des années !
De nouveau, elle s'agita.
— Surtout, ne t'attarde pas ! Tu iras essayer ta robe, puis tu passeras chez Royal & Weale, et tu rentreras directement ! Je peux compter sur toi ?
— Mais oui, Bella.
Elle caressa le front brûlant de sa marraine.
— Maintenant, reposez-vous, je vous en supplie ! Fermez les yeux et tâchez de dormir. Quand vous vous réveillerez, la migraine aura disparu !
— Tu es gentille ! Mais ne perds pas de temps : l'essayage est fixé à trois heures !
— J'y vais...
Le brouillard qui s'était levé avec l'aube, au lieu de disparaître, s'épaississait encore.
Il noyait les rues de Los Angeles quand Dina arriva devant la maison de couture. On la dirigea tout de suite vers le troisième étage, où on l'accueillit avec les égards réservés aux meilleures clientes.
Pendant près d'une heure, elle demeura debout tandis que le couturier lui-même tournait autour d'elle, rectifiant ici un détail, là un pli...
La robe était seulement bâtie, et c'était le dernier essayage avant qu'elle soit confiée aux ateliers où les petites mains se mettraient en devoir de coudre la merveilleuse étoffe de soie.
Songeuse, Dina contempla son image dans les

hautes glaces qui la reflétaient à l'infini, sous toutes les coutures.

La longue robe blanche était de coupe très simple. Et comme la traîne était longue... Heureusement, elle aurait de nombreuses demoiselles d'honneur et des pages pour s'en occuper !

Ce fut avec soulagement qu'elle quitta la maison de couture aux pièces confinées et à l'atmosphère trop parfumée.

Le couturier tint à l'accompagner jusqu'à la porte en multipliant les courbettes.

— Je crois bien n'avoir jamais fait une si jolie robe ! assura-t-il. Je n'ai jamais eu non plus de si joli modèle ! Etes-vous contente, Miss Caslyn ? Votre toilette vous plaît-elle ?

— Beaucoup, monsieur.

Elle lui tendit la main et il la baisa, tandis que son regard fureteur s'arrêtait sur l'énorme solitaire qui brillait à l'annulaire gauche de sa cliente.

— Vous ferez une ravissante jeune mariée !

Il joignit les mains.

— Une mariée de rêve !

Un peu impatientée, Dina prit congé.

— Je vous laisse, monsieur : j'ai encore mille choses à faire en ville !

— Je m'en doute... Une future mariée ne doit rien laisser au hasard. Un si grand mariage doit se préparer à l'avance dans ses moindres détails !

Il s'inclina.

— Transmettez mon souvenir le plus respectueux à Mme Rhinehart !

— Je n'y manquerai pas. Au revoir, monsieur.

— Au revoir, Miss Caslyn. Et si vous êtes vous-même au volant, faites attention ! On n'y voit plus à trois mètres avec ce brouillard ! Et il pique les yeux !

— Oui, en effet...

La brume rougeâtre et épaisse, typique de Los

Angeles, cachait les palmes des cocotiers qui bordaient les avenues. Elle s'était encore intensifiée. Les voitures allaient au pas et les passants avaient l'air de fantômes.

Elle heurta quelqu'un qui venait en sens inverse.

— Oh, excusez-moi...

Des mains de fer s'emparèrent de ses poignets. Elle eut l'impression d'être traversée par un courant électrique...

Devant elle se tenait Raf Ventura, vêtu d'un pantalon en toile brune et d'une chemise style safari de la même couleur.

Elle tituba. Ainsi, le hasard avait voulu cette rencontre !

« Je dois fuir », songea-t-elle.

N'était-ce pas ce qu'elle s'était promis ? Mais elle demeurait clouée sur place.

— Quelle surprise ! s'exclama-t-il.

Il sourit, et le cœur de la jeune fille se mit à battre intensément.

— Où allez-vous de ce pas, Dina ?

— Voir si mes... mes chaussures de mariée sont prêtes.

Sa voix était à peine audible. On aurait cru celle d'une enfant récitant une leçon mal apprise.

— Chez Royal & Weale, je suppose ?

— Oui...

— Alors je vous accompagne.

— Non, Raf.

Elle recula d'un pas et faillit tomber sur une voiture d'enfant poussée par une nurse en uniforme.

L'Italien lui saisit de nouveau les mains pour l'aider à reprendre son équilibre. Elle rougit et le regarda d'un air suppliant. Mais ce beau visage sombre demeurait de bois...

— Je dois moi-même me rendre chez Royal & Weale, déclara-t-il. Ils m'ont téléphoné pour me dire que mes bottes de cheval étaient prêtes. Ce serait ridicule que nous nous rendions au même endroit chacun de notre côté, non ?

Il plissa les yeux.

— Auriez-vous honte d'être vue en ma compagnie ?

— Bien sûr que non, Raf ! Mais ne me tenez pas par la main, je vous en prie. On pourrait nous voir.

— Quel scandale ! ironisa-t-il. Les ragots vous inquiètent donc à ce point ?

— Je déteste être l'objet de commentaires désagréables.

— Moi, je me moque parfaitement de ce que les mauvaises langues peuvent dire à mon sujet.

Son expression disait clairement qu'il méprisait les gens capables de faire des commérages.

— Vous devriez vous en moquer aussi ! ajouta-t-il.

Mais il la lâcha, et, ensemble, ils se dirigèrent vers la boutique du chausseur.

— Pourquoi êtes-vous partie l'autre jour ? demanda-t-il brusquement.

— L'autre jour ?

— Vous savez parfaitement de quoi je parle ! s'exclama-t-il avec impatience. Le jour de la partie de tennis entre votre fiancé et moi...

— Vous aviez fait le pari de le battre ! Ce n'était pas si facile, n'est-ce pas ? Bay a commencé à jouer au tennis très tôt. Il a eu les meilleurs professeurs et il s'entraîne quotidiennement !

— Un champion ! ironisa Raf. Mais je dois dire qu'après votre départ, la partie avait perdu tout son intérêt !

Ils ne tardèrent pas à arriver chez Royal & Weale. La boutique était pleine de clients, et les vendeurs s'agitaient en tous sens. C'était là que venaient se chausser les vedettes de cinéma et tous les gens en vue de Hollywood.

Raf fut accueilli avec beaucoup de courtoisie. Il était évident qu'il était un bon client. Mais cela n'étonna pas Diana...

On lui apporta ses escarpins en satin ; elle les essaya sur les instances du vendeur.

Raf s'empara de l'une des légères chaussures et l'examina avec une attention soutenue.

Le malaise de Dina se dissipa quelque peu quand le vendeur disposa les élégants escarpins dans une boîte blanche.

Elle s'en empara avant de se tourner vers Raf :

— Je crois que vous êtes venu chercher des bottes ? Je vous laisse...

— Vous aurez bien le temps de prendre une tasse de thé avec moi...

Il marqua une pause avant d'ajouter :

— Je vous en prie.

Ces quelques mots, dans sa bouche, semblaient presque déplacés. Dina devina que si elle refusait, il n'insisterait pas.

— J'ai promis de rentrer directement à la maison...

Il eut un sourire ironique, et elle rougit. Elle pouvait tout de même accepter une tasse de thé ! Cette rencontre était la dernière : après son mariage, elle ne le reverrait probablement jamais.

— Allons-y ! s'entendit-elle dire. En fait, j'ai soif !

— *Grazie.*

Il n'eut même pas un sourire. Il demeurait grave et paraissait maintenant accorder toute son attention aux hautes bottes de cuir que lui présentait un vendeur.

— Bien, murmura-t-il. Qu'en pensez-vous ? ajouta-t-il à l'intention de Dina.

— Elles sont très belles... Faites à la main, bien sûr ?

— Bien sûr. Ne sont-elles pas trop luxueuses pour un simple... restaurateur? s'enquit-il, sarcastique.

— Elles sont parfaites pour un bon cavalier. Ce que vous êtes !

— *Grazie,* répéta-t-il.

Ils quittèrent la boutique ensemble. Quand elle se trouva sur le trottoir, Dina eut soudain envie de dire qu'elle avait changé d'avis.

Elle leva les yeux vers lui. Il la fixait, et elle eut l'impression qu'il savait exactement ce qu'elle avait en tête...

Il la détailla sans un mot. Ce jour-là, elle portait un ensemble-pantalon en daim et un chemisier de la couleur de ses yeux. De minuscules boucles d'oreilles d'ambre dansaient de chaque côté de son ravissant visage.

— Comme vous êtes jolie ! murmura-t-il.

Elle rougit violemment, tandis que les battements de son cœur s'accéléraient. Ce n'était pas la première fois qu'on lui faisait un compliment, loin de là ! Mais c'était la première fois qu'un compliment la troublait tant.

— Vous êtes aussi délicatement ciselée qu'une statuette antique !

— Raf !

— Où est garée votre voiture ?

Elle eut un geste de la main.

— Là-bas... Au parking.

— Laissez-la donc ici. Nous prendrons la mienne. Ce n'est pas trop demander, j'espère ? Alors que Bay Bigelow vous aura bientôt tout le temps à lui seul !

Elle hésita.

— Est-ce bien raisonnable ?

— Cessez de parler raison !

Il sourit.

— Avez-vous peur de vous trouver seule avec moi ? Cela nous est pourtant déjà arrivé... Et la dernière fois, quand vous estimiez que je me montrais trop entreprenant, vous n'avez pas hésité à m'envoyer un coup de poing dans l'estomac ! Savez-vous que vous avez réussi à me couper la respiration pendant quelques secondes ?

— Je... je ne voulais pas vraiment vous faire de mal, balbutia-t-elle, mal à l'aise.

Elle se redressa.

— Mais vous l'aviez cherché !

— Ah bon ?

— Vous n'oubliez jamais rien, n'est-ce pas ? demanda-t-elle avec amertume.

— Jamais une femme ne m'avait frappé jusqu'à présent.

Elle rougit et détourna la tête tandis qu'il lui rappelait avec ironie :

— Or, au cours de nos rares rencontres, vous avez déjà trouvé le moyen de me gifler, puis de me donner un coup de poing ! Joli record !

— Raf, si nous devons discuter sur ce ton, je préfère ne pas vous accompagner !

— Faisons une trêve... Allons, venez, ma voiture est garée tout près...

Elle le suivit, tout en froissant nerveusement le ruban qui fermait la boîte à chaussures.

Il possédait une grande Hispano-Suiza ancienne — une véritable pièce de musée — à bord de laquelle ils remontèrent Sunset Boulevard, avant de se diriger vers Beverly Hills. Dina ne tarda pas à comprendre où l'emmenait Raf... Vers Las Palmas. Vers l'hôtel *Sun Tower...*

Elle ne protesta pas. A quoi bon résister maintenant alors qu'elle avait accepté de prendre le thé en sa compagnie ?

— Je vous sens aussi nerveuse qu'un chat dans une maison inconnue, remarqua-t-il. Allons, détendez-vous... Il ne s'agit pas d'un rapt ! Vous m'avez accompagnée de votre plein gré...

— Je sais.

— Pourtant, ce n'est pas l'envie qui me manque de vous kidnapper ! En Italie, quand les parents s'opposent à un mariage, il arrive que le jeune homme et la jeune fille s'enfuient ensemble. Après cela, il n'y a plus qu'à les marier, sinon la jeune fille resterait irrémédiablement compromise !

Il lui adressa un rapide coup d'œil de biais.

— Croyez-vous que ce système pourrait s'adapter à l'Amérique ?

— Les Américaines sont moins romantiques.

— Un enlèvement ne vous tente pas ? Vous préférez un grand mariage ?

Les yeux fixés sur la route, il murmura :

— Je ne crois pas que l'idée de parader toute vêtue de blanc devant les riches invités de votre marraine et des Bigelow vous séduise tant que cela ! N'auriez-vous pas préféré une cérémonie très simple ?

Comme elle ne disait rien, il insista :

— Je me trompe ?

Elle demeurait toujours silencieuse.

— Je vous ai observée pendant que vous essayiez vos escarpins blancs, reprit-il. Vous n'aviez pas le visage d'une future mariée éblouie...

— Ces essayages m'agacent.

— Vous aviez l'air d'un agneau qu'on conduit à l'abattoir !

— Quelle imagination !

Elle se mordit la lèvre inférieure. En fait, Raf avait un pouvoir de divination qui l'effrayait presque.

— Pourquoi refusez-vous de vous confier à moi ? interrogea-t-il.

— Je n'ai aucune envie de vous prendre pour confident !

Elle fronça les sourcils.

— Nous sommes censés aller prendre le thé et bavarder tranquillement. Mais si vous avez l'intention de jouer les inquisiteurs, je préfère que vous me rameniez à Los Angeles !

— Bien, bien... Nous aurons donc une conversation très correcte. Du genre de celle qu'ont les vieilles dames autour d'une tasse de thé... Vous me surprenez, Dina ! Vous appréciez les discussions insipides ?

Ils arrivaient, ce qui lui évita de répondre. Le *Sun Tower* était un immense hôtel dont les tours s'élevaient dans le brouillard toujours dense.

Quand Dina y avait passé quelques jours avec Bella, elle était loin de s'imaginer qu'elle ferait la connaissance de son propriétaire...

Il contourna le véhicule et lui ouvrit la portière.

— Où allons-nous ? s'enquit-elle. Au restaurant ?

Elle se dirigea vers le hall dallé de marbre blanc sur lequel étaient jetés quelques tapis persans.

Une boule se logea dans sa gorge. Pendant tout le temps qu'elle avait logé au *Sun Tower*, Raf Ventura l'avait observée sans qu'elle s'en doute... Elle n'avait rien deviné. Et c'était maintenant — des mois après ! —, qu'elle se sentait en proie à un curieux malaise.

Il la saisit par le poignet.

— Non, montons chez moi.

Elle eut un mouvement de recul.

— Je vous en prie, *signorina*, ne refusez pas ! Je vous jure que vous n'avez rien à craindre de ma part !

Ses doigts étaient tièdes sur sa peau nue. Elle avala sa salive, vaincue.

— Très bien...

Ils prirent un ascenseur tout en verre et en métal qui glissait le long d'une paroi extérieure, laissant ainsi à ses passagers le loisir d'admirer la mer ou les collines avoisinantes.

L'appartement de Raf était situé au dernier étage de la plus haute tour. Et Dina eut l'étrange impression d'être emportée par un aigle jusqu'à son repaire...

Ils traversèrent un hall aux murs revêtus de chêne clair avant de pénétrer dans un salon très élégant. Deux profonds canapés tapissés de cuir blanc se faisaient face. Dina admira quelques commodes anciennes en acajou finement sculpté et des tapis précieux.

Elle s'immobilisa devant un masque mortuaire en bronze. Et elle n'eut pas besoin de demander qui était cet homme dont l'expression cynique était celle qu'avait parfois Raf...

Ce dernier était derrière elle.

— Oui, c'est Don Cicero, murmura-t-il. Je lui ressemble ?

— Vous le savez bien...

— Et vous vous demandez jusqu'où va cette ressemblance ! A votre avis, suis-je un bandit ? Un maffioso ? Est-ce grâce à des entreprises malhonnêtes que je suis devenu riche ? Car c'est bien cela qu'a essayé de vous seriner votre marraine, non ?

Dina lui fit face.

— Vous n'êtes ni un bandit ni un maffioso ! déclara-t-elle avec force. Certes, vous êtes un homme dur et sans pitié... Mais tout ce que vous avez gagné l'a été honnêtement, grâce à votre travail et à votre sens des affaires !

Il parut surpris de l'entendre parler ainsi.

— Etes-vous sûre de ce que vous avancez, Dina ? demanda-t-il d'une voix neutre.

— Absolument ! Jamais vous n'avez eu envie de marcher sur les traces de votre grand-père...

Elle redonna son attention au masque de bronze.

— Vos parents ont dû beaucoup souffrir par sa

faute... murmura-t-elle. Mais pourquoi gardez-vous ce masque ici ?

— Don Cicero lui-même avait demandé qu'on prenne après sa mort l'empreinte de son visage et qu'on la coule ensuite en bronze.

— Mais pourquoi ? insista-t-elle.

— Pour me rappeler — à moi, son petit-fils —, que le crime ne mène à rien.

Il leva les yeux vers le masque de son grand-père.

— Trouvez-vous qu'il avait l'air d'un gangster ?

— Non. Mais les apparences peuvent être trompeuses.

— La mienne l'est ?

Il la prit par les épaules et l'obligea à lui faire face.

— Dites-moi, Dina...

Sans mot dire, elle l'examina.

« On dirait un... un conquérant », songea-t-elle. Avec son nez très droit, sa mâchoire volontaire et son visage aux lignes dures, il évoquait la force, la puissance, l'autorité...

— Vous êtes un solitaire, n'est-ce pas ? murmura-t-elle. Comme un aigle...

Il sourit.

— Bienvenue dans mon nid d'aigle !

Il la conduisit sur une grande terrasse d'où l'on dominait tous les environs. Mais à cause du brouillard qui ne se décidait pas à se lever, le regard plongeait seulement dans une masse cotonneuse grise et rougeâtre.

— Vous êtes toujours nerveuse, s'étonna Raf. Pourquoi ?

Elle haussa les épaules.

— Je ne devrais pas être ici, vous le savez aussi bien que moi.

— C'est le hasard qui a voulu notre rencontre, lui rappela-t-il.

— Le hasard... murmura-t-elle. C'est un étrange

hasard que celui qui nous a mis face à face à plusieurs reprises !

Elle fronça les sourcils.

— Je n'aurais pas dû venir ! J'aurais dû résister quand vous m'avez invitée !

— Il ne faut pas résister au destin, fit-il à mi-voix. Donnez-moi votre veste...

Elle la lui tendit. Puis elle tenta de nouveau de percer le brouillard. En vain...

— Tout cela vous manquera quand vous habiterez votre manoir hanté, ne le croyez-vous pas ?

— Une fois que les décorateurs auront terminé leur travail, il n'aura plus l'air hanté !

Il haussa les épaules.

— De toute manière, je l'utiliserai seulement comme maison de campagne... Je m'y rendrai pendant les week-ends, ou bien lorsque je réussirai à me libérer quelques jours. Le reste du temps, je serai ici. N'est-ce pas depuis le *Sun Tower* que je mène toutes mes affaires ?

Il eut un petit sourire.

— En fait, tout dépendra de ma femme !

— Votre femme ?

— J'ai l'intention de me marier et de fonder une famille. Qu'en dites-vous ?

Elle soutint son regard.

— C'est une excellente idée, assura-t-elle. Même l'aigle élève des petits dans son nid... La nature ne perd jamais ses droits !

— Mais quand les aigles ne trouvent pas la compagne idéale, ils préfèrent demeurer solitaires.

— Les Italiens ne tiennent-ils pas à avoir au moins un fils pour continuer la lignée ?

— Pas seulement les Italiens... Tous les hommes, je crois.

Dina demeura silencieuse. Elle était étonnée de bavarder si aisément avec lui... Elle avait l'impression qu'elle pouvait lui dire tout ce qui lui passait par la tête sans qu'il se choque jamais. Elle n'avait pas besoin, comme à l'ordinaire, de peser ses mots...

Ils rentrèrent, et Raf lui indiqua un siège.

— Asseyez-vous... Je vais téléphoner pour commander le thé.

Il marqua une pause.

— A moins que... Avez-vous faim ? J'ai eu une réunion d'affaires en fin de matinée. Elle s'est prolongée tard et je n'ai pas eu le temps de déjeuner. Je mangerais volontiers quelque chose de plus consistant que des petits fours ! Et vous ?

Dina avait elle-même déjeuné très légèrement.

— Que proposez-vous ? demanda-t-elle.

— Vous ne devez pas souvent manger « italien » à Satanita ! J'ai au *Sun Tower* un excellent cuisinier formé dans les meilleurs restaurants de Rome et de Milan. Me laissez-vous commander moi-même le menu ?

— Cela vaudrait mieux !

— *Bene !* Mais asseyez-vous donc ! Vous avez l'air d'un papillon prêt à prendre son envol !

Il disparut et Dina resta seule dans ce luxueux salon. Son cœur battait très fort, et sa respiration un peu haletante soulevait la soie légère de son chemisier.

Que faisait-elle ici ? Par quel sortilège cet homme avait-il réussi à l'amener chez lui ? Et maintenant, il voulait qu'elle partage son repas ! Depuis longtemps déjà, elle aurait dû rentrer...

Que raconterait-elle à sa marraine ?

Mais celle-ci ne prêterait peut-être pas attention à l'heure... Elle était clouée au lit par l'une des terribles migraines qui l'assaillaient de temps en temps. Si elle avait réussi à s'endormir, et si la chance souriait à Dina, cette dernière rentrerait avant son réveil.

C'était les préparatifs du mariage qui avaient mis Bella dans cet état !

Le mariage...

Dina agrippa les accoudoirs de son fauteuil. Aurait-elle assez de courage pour traverser avec le sourire cette terrible épreuve ?

Les flashes qui crépiteraient révéleraient-ils la nostalgie de son regard ?

Comment pourrait-elle accepter d'épouser un homme alors que son cœur était plein d'un autre ?

Elle se raidit.

« J'aime bien Bay ! » se dit-elle. « Il est gentil... Nous nous entendons à merveille... »

Elle ferma les yeux et laissa sa tête aller contre le dossier.

La voix de Raf s'éleva :

— On dirait que vous vous détendez enfin, Dina...

Elle se contenta de hocher la tête affirmativement. Elle ne rouvrit pas les yeux. Il lui semblait qu'elle était soudain suspendue dans le temps, dans l'espace... Ici, personne ne la découvrirait. Elle s'octroyait une pause et oubliait qu'elle n'était pas libre... En tout cas, pas libre comme Raf !

— Vous vous préparez à marcher vers l'échafaud ? demanda-t-il d'une voix mordante.

Elle rouvrit les yeux.

— Quelle comparaison ! Vous voyez les choses soit en blanc, soit en noir. La vie n'est pas si simple...

— En blanc et noir ? Mais non ! Vous êtes, vous, toute dorée... Votre peau, vos cheveux, vos yeux...

Il sourit.

— Nous allons boire du vin... Un vin très vieux que je réservais pour une occasion spéciale...

— N'oubliez pas que je dois bientôt partir ! Dans une heure au maximum !

— Vous ne m'accordez pas plus de temps ?

— Vous savez bien que ce n'est pas possible, Raf.

— La Belle au Bois Dormant ne s'éveillera donc jamais ?

— Je ne suis pas la Belle au Bois Dormant, et vous n'êtes pas un prince, lui rappela-t-elle.

— Qui suis-je, alors ?

— Un homme seul.

Elle leva les yeux vers lui.

— Je suis sûre que vos parents voudraient vous voir épouser une jolie Italienne... N'essaient-ils pas de vous pousser au mariage quand vous allez les voir ?

— Comme tous les parents...

— J'espère que vous rencontrerez vite la femme avec laquelle vous aurez envie de partager votre nid d'aigle, Raf.

Comme il haussait un sourcil, elle insista :

— Je vous le souhaite sincèrement !

— Oui ?

— Vous serez plus heureux. La solitude n'est pas une solution !

— Je crois que vous resterez très seule vous aussi, Dina. Même quand vous serez mariée...

Elle crispait les mains. Doucement, il sépara ses doigts raidis.

— Alors, nous ne pouvons même pas être amis ? murmura-t-il.

Avec une amertume teintée d'ironie, il ajouta :

— Je pourrais devenir une espèce d'oncle gâteau pour les futurs petits Bigelow que vous mettrez au monde !

— Raf, je vous en prie !

— Dina, vous n'aimez pas cet homme !

Elle détourna la tête. Elle n'avait plus la force de soutenir son regard...

Le silence devint presque insupportable. Raf lui tenait toujours les mains, les pressant dans les siennes avec une telle force qu'il lui broyait les doigts, et que sa bague de fiançailles lui meurtrissait les phalanges.

Elle était née pour appartenir à un seul homme... Pour n'aimer qu'un seul homme... Et cet homme n'était pas Bay Bigelow, ne l'avait-elle pas toujours su ?

— Vous ne l'aimez pas ! répéta Raf avec force. Mais ceux qui viendront s'amuser à votre mariage ne s'en inquiéteront pas ! Cela leur sera bien égal !

Dina avala sa salive.

— Bella sera heureuse... murmura-t-elle. Je lui dois tant !

— Que Bella aille au diable !

— Non !

Elle lui fit front.

— Sans elle, j'aurais probablement été placée dans un orphelinat ! Et où serais-je maintenant ? Bella m'a donné une maison, la sécurité, une bonne éducation, des amis...

— Et parce qu'elle vous a offert tout cela, vous allez gâcher votre vie ! Simplement pour lui faire plaisir !

— L'existence que je mènerai auprès de Bay ne sera pas si terrible !

— Où se trouve la passion dans vos petits projets trop raisonnables ?

— La passion n'est pas tout au monde...

— Sans passion, la vie ne vaut pas la peine d'être vécue !

Elle contempla les vastes baies vitrées derrière lesquelles on n'apercevait que le brouillard.

— On y voit de moins en moins, constata-t-elle, changeant volontairement de sujet de conversation. Je ne devrais pas tarder à rentrer.

— Je vous reconduirai, ne vous inquiétez pas.

Il lui tendit un verre de cristal taillé dans lequel il avait versé un peu de vin.

— Buvez cela, c'est un véritable nectar…

Il leva son verre et contempla le liquide couleur rubis.

— *Salute !*

— *Salute…* fit-elle en écho.

Elle but une gorgée de vin et reposa son verre sur une table basse.

— Vous sentez-vous tout-puissant, quand vous vous trouvez ici, dans votre nid d'aigle, et que vous abaissez votre regard sur les alentours ?

Il eut un petit rire.

— J'admets avoir le sentiment d'être intouchable… Cela vous arrive-t-il quelquefois ?

— Non…

Il la fixa d'un air grave.

— Dina, allez-vous vraiment épouser Bay Bigelow ? Savez-vous comme il vous considérera ? Un peu comme un acquis… Il vous mettra au même niveau que ses raquettes de tennis, ses clubs de golf ou ses chevaux de polo…

Son visage durcit.

— Il ne sait pas comment traiter une femme particulièrement sensible — ce que vous êtes, Dina. Oh, il sera bien élevé, courtois… Mais cela suffit-il ?

Elle eut un long soupir.

— Parlons d'autre chose, Raf ! Vous essayez de me persuader que je fais fausse route ! Mais moi, je sais bien que jamais vous ne serez mon maître !

— Je le suis, Dina. Et vous ne l'ignorez pas, en dépit de vos dénégations ! Vous l'avez compris dès notre première rencontre !

— Vous êtes bien sûr de vous !

Elle rejeta la tête en arrière.

— Je sais où vous voulez en venir ! le défia-t-elle. Mais vous n'y arriverez pas !

— Dites-moi où je veux en venir ?

— Vous cherchez à semer le doute en moi, à

augmenter mon inquiétude... Vous jouez les démons tentateurs. Cependant, vous ne réussirez pas votre œuvre de destruction ! Il est inutile d'insister, Raf !

— Et si je continue ?

— Je vous en prie...

Il secoua la tête.

— Cela vous amuse d'incarner les martyres ?

Ses yeux gris étincelaient, démoniaques. Et sa voix s'éleva, cinglante comme un coup de fouet :

— Mais devenez donc une femme ! Vous ne le serez jamais si vous épousez cet adolescent... C'est un homme qu'il vous faut !

— Vous n'êtes pas celui-là, Raf !

Elle lui faisait face.

— Oh non, vous n'êtes pas celui-là ! répéta-t-elle avec fougue. Je ne veux pas que vous détruisiez ma vie comme d'autres ont détruit celle de mon père, le conduisant au suicide après une lente déchéance... Déjà, par votre faute, j'ai menti à des gens que je respecte. Moi qui jusqu'à présent n'avais jamais altéré la vérité !

Il haussa les épaules.

— Dina, et votre instinct dans tout cela ? plaida-t-il. Ne vous dit-il pas que vous faites fausse route en épousant le jeune Bigelow ? On ne se marie pas sans amour ! Vous allez au-devant de déceptions amères et de...

— Je refuse de vous écouter davantage ! Maintenant, je m'en vais, et...

— Ce n'est pas moi que vous fuyez, c'est la vérité ! Dina... *Donna mia*, on ne repousse pas l'amour !

Elle se boucha les oreilles.

— Taisez-vous ! Oh, je vous en conjure, taisez-vous !

— Dina, imaginez la vie qui vous attend... Vous allez devenir l'une de ces poupées de la bonne société... Votre existence sera ponctuée par les parties de bridge et les réceptions ennuyeuses...

Comme hypnotisée, elle ne parvenait pas à détacher son regard du sien.

On ne repousse pas l'amour, avait-il dit. Et cette phrase résonnait sans fin à ses oreilles.

Aimait-elle Raf Ventura ?

6

En pesant soigneusement ses mots, Dina déclara d'une voix mal assurée :

— La manière dont j'ai choisi de vivre ne vous regarde pas.

Peu à peu, sa voix se raffermissait.

— Je suis venue ici parce que je pensais — à tort —, pouvoir vous faire confiance. Je m'aperçois que je me suis trompée... Cette conversation me déplaît. Si elle doit se poursuivre, je préfère partir.

Elle se leva et voulut se diriger vers l'ascenseur. Il la saisit par le poignet et, ce faisant, bouscula la table sur laquelle elle avait posé son verre. Celui-ci s'écrasa sur le sol en mille morceaux.

Raf contempla un instant les débris, puis, délibérément, il jeta son propre verre par terre, où il se brisa également.

— C'est ainsi que l'on termine traditionnellement une passe d'armes ! ironisa-t-il.

— Quel dommage ! s'exclama-t-elle. Ces si jolis verres anciens...

— Ce geste était symbolique, ma chère. Maintenant, venez, le repas est servi...

Il l'entraîna dans une salle à manger où le couvert était mis pour deux.

Un serveur attendait devant une petite table chargée de plats d'argent. Quand elle comprit qu'ils ne seraient pas seuls, Dina ne protesta pas davantage et prit place en face de Raf.

On servit tout d'abord de grosses crevettes grillées accompagnées de mayonnaise et de tranches de citron.

— Je m'occuperai du reste, Salvatore, déclara Raf. Remerciez le chef de ma part !

Si le serveur trouvait que l'heure était bien curieusement choisie pour dîner, il ne fit aucun commentaire et se contenta de s'incliner.

— *Si, signore. Grazie.*

La porte se referma sur lui. Raf fixa Dina au-dessus du bouquet d'orchidées.

Elle trempa une crevette dans la sauce crémeuse.

— Vous aimez les crevettes ? s'enquit-il.

— Beaucoup. Celles-ci sont excellentes !

Elle en reprit une autre et, avec un sourire, constata :

— Ou bien votre personnel vous craint... ou bien il vous respecte !

— Pourquoi ?

— Pour préparer un semblable repas à l'heure où les cuisines sont fermées...

— A votre avis, sont-ils motivés par la crainte ou par le respect ?

Elle réfléchit un instant.

— Les deux...

— Vous avez l'air de me considérer comme un seigneur féodal !

— Ne l'êtes-vous pas ?

— Dans un certain sens, oui ! admit-il.

Les yeux rétrécis, il ajouta :

— Les seigneurs moyenâgeux aimaient la bataille... Moi aussi ! Je suis prêt à lutter contre votre marraine si elle entame sérieusement les hostilités !

Elle aurait grand tort d'estimer la victoire facile ! C'est moi qui la ferai plier !

Dina frissonna.

— Non, Raf, je vous en prie ! Comme vous avez l'air impitoyable, soudain ! Vous me glacez...

— Acheter le *Manoir du Challenge,* n'était-ce pas tenter le sort ?

— Ecoutez, votre marraine ne possède pas toute la Californie ! Ni même tout Pasadena... Je suis libre de m'installer où je veux !

Ils terminèrent les crevettes, et Raf alla chercher la suite sur la petite table qui tenait lieu de dressoir. Dina en profita pour examiner la salle à manger. Les meubles étaient en bois d'olivier de couleur verte à reflets dorés. Deux lustres vénitiens pendaient au plafond. Mais ce qui frappa surtout la jeune fille fut un tableau ancien représentant le dieu Persée sauvant Andromède de ses chaînes.

— Ce tableau vous plaît-il ? s'enquit Raf en posant une assiette devant elle.

— Oui... Les mythes antiques vous attirent, n'est-ce pas ?

— Celui-ci en particulier.

Il reprit place en face d'elle.

— Mangez vite votre *pasta* avant qu'elle refroidisse !

Les spaghettis étaient aromatisés de céleri, d'herbes et de crevettes, et saupoudrés de parmesan. Ils avaient été préparés de toute évidence par un excellent cuisinier italien !

— Vous ne devez pas manger souvent d'aussi bons spaghettis à Satanita ! lança Raf avec ironie.

Il soupira.

— Mais on les apprécie encore mieux en Italie, quand le soleil brille et que les joueurs de mandoline interprètent des airs populaires...

— Parlez-moi de l'Italie, demanda-t-elle.

Ce sujet ne risquait pas d'être dérangeant !

— Vous ne connaissez pas mon pays, Dina ?

— Je ne suis jamais encore allée en Europe. Mais je dois...

Elle s'interrompit brusquement, comprenant qu'elle ramenait la conversation sur des points qu'elle préférait éviter.

Pourtant, on ne pouvait pas abuser Raf aussi aisément. Son regard se durcit.

— Vous devez y aller en voyage de noces ? continua-t-il. Votre nouvel époux vous montrera tous les endroits conseillés par les guides touristiques. Et vous reviendrez en Amérique persuadée que vous connaissez l'Italie !

— Ce n'est pas la peine d'être aussi sarcastique, Raf !

Il ricana de nouveau.

— La manière qu'ont les Américains de voir l'Europe m'a toujours amusé. En quinze jours, ils font le tour de l'Italie, de la France, de l'Angleterre et de l'Autriche... Ils trouvent le moyen de faire un saut en Grèce et en Espagne ! Que retiennent-ils de ce marathon, je vous le demande ?

Il secoua la tête.

— Irez-vous à Venise, la ville des amoureux ?

— Ce... ce n'est pas moi qui décide de l'itinéraire de ce voyage, murmura-t-elle.

— Vous serez la petite épouse parfaite ! Obéissante, sans volonté propre...

Elle le fixa.

— Vous m'étonnez, *signor* Ventura ! J'aurais imaginé que selon vos critères, une femme devait être obéissante et sans volonté propre...

— Je vois un couple comme une association de deux jaguars... Ils sont égaux, ils se battent, ils jouent. Mais comme ils s'aiment ! Dina... Comme ils s'aiment !

Elle rencontra son regard et baissa la tête en réprimant un petit cri étranglé.

— Raf, je vous en prie... Ne me rendez pas les choses plus difficiles !

— Vous admettez donc que ce ne sera pas facile ?

— Qu'est-ce qui est facile dans la vie ?

Elle cacha son visage entre ses mains.

— Oh, pourquoi vous ai-je rencontré ? Pourquoi êtes-vous venu me parler ?

— La loi de la jungle, Dina. J'ai vu mon égale...

Elle ne disait plus rien. Elle admettait maintenant qu'elle aimait cet homme de tout son cœur, de toute son âme, de tout son corps...

Lentement, elle laissa retomber ses mains. Son visage était très pâle et ses yeux étincelaient, agrandis, inquiets...

— Amusant, n'est-ce pas ? lança Raf d'un ton brusque.

— Amusant ? murmura-t-elle.

— Mais oui ! Qu'un Italien tombe désespérément amoureux d'une femme d'une autre race, d'une autre religion, d'une autre classe sociale...

Il ne la regardait pas.

— Si j'apprenais cela à mes parents, ils seraient choqués. Quant à mes sœurs, j'imagine déjà leur scepticisme...

Il crispa les mâchoires.

— J'aurais mieux fait d'être amoureux quand j'avais dix-huit ans ! Car de telles amours ne durent pas... De celui-ci, je ne guérirai pas. Je le sais, je le sens...

Le cœur de Dina battait à tout rompre. Raf l'aimait, il venait de le lui avouer. Et elle aussi l'aimait... Cependant, elle ne devait pas écouter son cœur : elle devait trop à Bella. Quant à Raf... Oh, il était assez fort pour l'oublier et trouver une autre femme.

— Rien n'est possible entre nous, Raf. Considérez cela comme... un interlude. Un interlude sans lendemain.

— Impossible !

— Raf, soyez raisonnable !

— Vous aurez des regrets ! prophétisa-t-il. Ils vous tiendront éveillée nuit et jour.

Il serra les poings avec tant de force que ses jointures blanchirent.

— Vous êtes ici avec moi, en ce moment. Comment pourrais-je vous laisser partir ?

— Vous me laisserez partir ? interrogea-t-elle avec anxiété.

— Je ne sais pas, *donna mia*. Il y a du diable en moi.

— Cependant vous... vous savez vous contrôler.

— En ce moment, oui. Mais aurai-je assez de force pour ouvrir la porte et vous pousser hors de chez moi, hors de ma vie, hors de mon cœur ?

Brusquement, il haussa les épaules.

— Un dessert ? proposa-t-il d'un ton léger.

— Euh...

— Une *cassata*. Une glace aux fruits confits...

— Pourquoi pas ? Cela semble très bon...

Il la dévorait des yeux.

— Dina...

— Raf, je vous en prie !

— Je ne vous touche même pas, je vous regarde seulement.

— Mais votre regard...

Elle s'interrompit, baissa les yeux.

— Vous tremblez, Dina... Vous m'aimez autant que je vous aime ! Vous me désirez autant que je vous désire ! Alors pourquoi tant de masochisme ?

Brusquement, il se leva et sa chaise tomba en arrière. Sans s'en préoccuper il vint vers elle, l'obligea à se mettre debout et l'attira dans ses bras.

Quand il posa ses lèvres sur les siennes, elle sut qu'elle lui appartenait... C'était là qu'était sa place. Contre son cœur. Pour toujours...

Elle avait l'impression qu'ils étaient seuls au monde. Plus rien d'autre ne comptait qu'eux deux et cette passion qui les réunissait.

Dina vibrait de chacune des fibres de son corps. Jamais elle ne s'était sentie aussi pleinement vivante.

— Laissez-moi vous aimer... murmura-t-il d'une voix rauque.

— Non, Raf... Oh non... Il faut que... que je vous quitte !

Elle parvint à se dégager et partit en courant. Mais ses jambes ne la portaient plus et elle se laissa tomber sur un canapé. Elle tremblait des pieds à la tête.

Raf la rejoignit, la reprit dans ses bras.

— Vous êtes à moi ! déclara-t-il avec force. Je ne veux pas vous laisser partir !

— Ramenez-moi, je vous en supplie !

Elle cacha son visage entre ses mains et se mit à sangloter.

— Je... je ne peux plus supporter d'être là, près de vous !

Doucement, il lui caressa les cheveux.

— Vous ramener où ? Votre maison est la mienne ! Le destin nous a réunis et ne nous séparera plus jamais !

Il l'obligea à relever la tête. Son regard plongea dans le sien, et elle se sentit submergée d'amour et de désir.

— Ayez pitié de moi, Raf !

— Non.

— Laissez-moi partir... Ne me demandez pas de décevoir tous ceux qui me font confiance !

— Je me moque d'eux... Ne comprenez-vous pas, Dina, que notre amour compte plus que tout ?

Il ferma les yeux en l'étreignant plus fort.

— Je vous veux... Oh, comme je vous veux !

— Raf, je vous en supplie ! Si vous m'obligiez à rester ici, vous auriez seulement mon corps. Pas mon esprit...

— Je ne le crois pas.

Il l'enlaça avec passion.

— Je ne veux pas que vous retourniez là-bas, près de votre Bay... Je ne veux pas que vous me laissiez seul ! Je vous aime trop pour vous donner à un autre !

Elle le repoussa de toutes ses forces.

— Ne me tentez pas, Raf !

Elle *devait* partir ! Parce que son sens du devoir le lui commandait. Et aussi parce qu'elle craignait les représailles de Bella. Sa marraine avait des amis très haut placés, elle pouvait s'arranger pour rendre la vie impossible à Raf !

— Dina, vous êtes une femme pleine de vie et d'ardeur ! Ne le niez pas, je le sais maintenant... J'ai réussi à traverser cette pellicule de glace qui vous masque !

— Raf ! Soyez raisonnable ! redemanda-t-elle une fois de plus.

Il ricana.

— Je suis tout, sauf cela ! Et vous, Dina, ma chérie, soyez un peu déraisonnable ! Ne sacrifiez pas votre vie à une chimère... Que vous vous sentiez une dette de reconnaissance envers votre marraine, je l'admets volontiers. Mais ce n'est pas une raison pour gâcher votre avenir !

— Raf, vous trouverez une autre femme. Vous l'aimerez, vous aurez des enfants...

Elle s'interrompit. Cela lui faisait trop mal de parler ainsi.

Les mains de Raf se crispèrent sur ses épaules et elle réprima une grimace de douleur.

— Je veux *vos* enfants, Dina !

Il approcha son visage du sien.

— *Nos* enfants ! N'avez-vous pas encore compris que je vous aime vraiment, et pour toujours ? Si je ne peux vous avoir comme femme, jamais je ne m'intéresserai à une autre ! Pour moi, Dina, c'est tout ou rien !

Avec désespoir, la jeune fille contempla son visage torturé. Elle ne voulait pas le faire souffrir... Mais elle ne voulait pas non plus détruire les espoirs de Bella ! Et Bay ? De quel droit jouerait-elle avec l'homme qui lui avait demandé de devenir sa femme ?

Elle aurait voulu se précipiter dans les bras de Raf. Mais elle parvint à se dominer.

— Je... je suis désolée, Raf, murmura-t-elle.

Elle ne put rien dire d'autre. Cette phrase était d'une banalité navrante, et si peu adaptée à la situation !

Un silence pesa. Elle n'osait plus le regarder...

— Raf, reprit-elle peu après. C'est vous aussi que je cherche à protéger. Si nous ne pensions qu'à nous, sans tenir compte des autres, la vengeance de Bella serait terrible ! Elle chercherait par tous les moyens à vous détruire... Elle saurait vous atteindre jusqu'ici, dans ce nid d'aigle qui domine le *Sun Tower !*

Et comme il demeurait silencieux, elle ajouta :

— N'est-ce pas en Italie que l'on dit *che sera, sera ?* La première fois que vous m'avez adressé la parole, vous saviez que je n'étais pas libre !

— Vous étiez fiancée, je ne l'ignorais pas. Et je n'ignorais pas non plus que vous n'étiez pas amoureuse. J'ai sondé votre regard, Dina, et j'y ai lu la solitude. C'est pourquoi je suis allé vous parler.

D'un geste de la main, il rejeta ses cheveux en arrière.

— Si j'avais découvert dans vos prunelles la flamme de l'amour, je n'aurais pas insisté.

Il s'empara de sa main.

— Oh, Dina ! soupira-t-il.

Il s'agenouilla devant elle, et elle eut l'impression qu'il était devenu l'un de ces preux chevaliers d'autrefois...

— Dina ! répéta-t-il dans un cri.

— Raf, non...

— Je ne peux pas supporter de rester ainsi près de vous sans...

Il bondit sur ses pieds — tel un fauve s'apprêtant à fondre sur sa proie.

Elle étendit les mains devant elle, comme pour se protéger. Mais il ne la touchait pas. Il ne la regardait même pas...

Il fixait les baies closes derrière lesquelles s'amoncelait le brouillard.

— La nuit va bientôt tomber, murmura-t-il. Nous allons manger une *cassata* ensemble, puis je vous ramènerai. C'est ce que vous désirez, n'est-ce pas ?

Que désirait-elle, en réalité ? Elle le savait bien mais n'osait pas le dire.

— Je... je n'ai plus faim, Raf. Je serais incapable d'avaler quoi que ce soit maintenant.

— Essayez ! ordonna-t-il. Laissez-moi le plaisir doux-amer d'imaginer que ce dîner est le premier d'une longue série...

Il lui tourna le dos et souleva le couvercle en argent d'un bac à glace.

Dina devina soudain que si elle restait plus longtemps, elle était perdue...

Il fallait qu'elle trouve l'énergie nécessaire pour fuir tant qu'il en était encore temps !

Vivement, elle s'empara de son sac. Elle demeura même assez lucide pour se saisir de la boîte en carton renfermant ses escarpins de mariée...

Raf lui tournait toujours le dos. Avec soin, il servait les portions de *cassata*, bien loin de se douter des intentions de son invitée !

Sur la pointe des pieds, Dina courut vers l'entrée. Elle n'osa pas jeter un dernier coup d'œil à l'homme qu'elle quittait pour toujours...

Elle était déjà à mi-chemin quand la sonnerie du téléphone retentit. Elle sursauta.

— Dina ! Ne partez pas ! s'écria Raf. Attendez, je vous en prie !

Il décrocha l'appareil.

— Restez ! ordonna-t-il encore avant de répondre à son correspondant.

La jeune fille était devant les portes closes de l'ascenseur. Elle trouva la force d'appuyer sur le bouton d'appel...

Derrière elle, Raf parlait... Sa voix lui parvenait comme dans un rêve. Ses intonations étaient sèches, précises, aussi coupantes que du métal.

Le cœur battant à tout rompre, elle surveillait le tableau lumineux situé au-dessus des portes de l'ascenseur. La cabine était toujours au rez-de-chaussée et ne se décidait pas à monter !

Nerveusement, elle appuya de nouveau sur le bouton d'appel.

Brusquement, Raf raccrocha et se précipita vers elle.

— Vous ne pouvez pas partir... haleta-t-il. Pas maintenant.

Il lui prit la main.

— *Plus* maintenant !

La cabine commença son ascension. Les chiffres s'allumaient à mesure qu'elle passait les étages... Dixième, onzième, douzième... Oh, elle était loin de parvenir en haut de la tour, dans le repaire de l'homme qui voulait la maintenir prisonnière contre son gré.

Contre son gré ? C'était faux... Elle aurait donné tout ce qu'elle possédait pour rester avec lui et ne plus jamais le quitter. Mais, comme à l'ordinaire, la raison l'emportait sur ses aspirations secrètes.

— Vous demeurez avec moi, décida-t-il. Rien ni personne n'empêchera cela !

— Raf, laissez-moi partir, je vous en supplie !

Elle se débattit de toutes ses forces. Mais il la prit dans ses bras et la transporta sur un canapé du salon.

Les portes de l'ascenseur s'ouvrirent, puis se refermèrent automatiquement. Maintenant, Dina pleurait à chaudes larmes.

— Raf, je vous en supplie ! répéta-t-elle.

Un soupçon s'empara soudain d'elle.

— Qui téléphonait ?

— Le capitaine des pompiers de Pasadena.

Dina se redressa, instantanément en alerte.

— Les pompiers ? demanda-t-elle avec anxiété. Pourquoi ?

— Le *Manoir du Challenge* vient d'être la proie des flammes. Il n'en reste rien...

— Oh, Raf !

— Ce n'est pas tout, Dina. Cet incendie a été délibérément provoqué, et son auteur, qui a été fait prisonnier, a tout avoué !

— Il a avoué... avoir mis le feu ?

— Pour le compte d'une personne qui l'avait largement payé afin d'effectuer cette triste besogne.

Maintenant, la jeune fille n'osait plus rien dire. Elle pressentait quelque révélation horrible...

Raf la serra contre lui. Si fort qu'elle sentit son cœur battre contre le sien.

— D'après ce que j'ai compris, votre marraine aurait téléphoné chez Royal & Weale afin de demander où vous étiez passée. On lui a répondu que vous étiez partie en compagnie d'un certain M. Ventura...

Dina était soudain très pâle.

— Oh non, Raf...

Impitoyablement, il poursuivit

— Il n'en a pas fallu plus à votre marraine pour persuader un jeune garçon de jouer les incendiaires !

Un sourire amer détendit ses lèvres.

— Et le manoir a flambé... comme une torche, car il était plein de pots de peinture et d'essence ! Heureusement, les ouvriers ne travaillaient pas aujourd'hui !

Dina détourna la tête.

— Ce n'est pas possible ! murmura-t-elle. Bella n'a pas pu faire cela !

Son joli visage se crispa tandis qu'elle imaginait la demeure ancienne en proie aux flammes dévorantes... Les poutres de chêne étaient parties en fumée, comme la si jolie rampe sculptée, les meubles anciens... et le tableau représentant Amarante dont le fantôme ne viendrait plus errer dans les pièces aux meubles couverts de housses poussiéreuses...

Comment Bella avait-elle pu prendre une pareille revanche ?

— Vous ne retournerez pas à Satanita, décida Raf avec autorité. Vous ne devez pas revoir cette femme ! Vous resterez avec moi...

— Mais Bella...

— Vous savez maintenant de quoi elle est capable ! Quand la colère s'empare d'elle, elle est prête à tout ! Elle vous a donné beaucoup d'une main, mais de l'autre, elle a tout repris...

Il se pencha.

— Que voulait-elle de vous ? Que vous meniez à sa place — et pour elle —, l'existence qu'elle n'avait pas eue elle-même. Vous n'auriez pas été vous-même, mais son reflet. Car elle se serait arrangée pour vous façonner entièrement à sa convenance !

Il eut un sourire dur.

— Vous voilà maintenant libre, Dina ! Libre de vivre votre vie... avec moi !

Elle secoua la tête.

— Non, murmura-t-elle. Je dois auparavant avoir une conversation avec Bella. Je veux savoir ce qu'elle a à dire pour... pour sa défense.

— Et moi, je veux vous protéger.

Il lui prit les mains.

— Je vais vous donner un cognac... Vous êtes toute pâle et vos mains sont glacées...

— Imaginez, Raf... ce choc !

Elle frémit.

— Pourquoi a-t-elle fait cela ? s'écria-t-elle avec désespoir.

Un sanglot la secoua.

— C'est à cause de moi ! C'est parce que je suis venue ici, près de vous... Je sentais bien que j'avais tort ! Je craignais la vengeance de Bella. Et elle est venue, si vite, si terrible !

— Vous êtes ici parce que je vous aime, fit-il avec gravité. Et parce que vous m'aimez.

Il plongea son regard dans le sien.

— Bella est jalouse de l'amour... Elle aimait votre père, et ce dernier l'a toujours dédaignée. Elle ne pouvait pas supporter l'idée que vous, vous connaîtriez l'amour et ses délices ! Elle voulait que, tout comme elle, vous passiez votre existence dans une solitude dorée, près d'un homme indifférent.

Il lui apporta un verre de cognac.

— Buvez cela, vous serez un peu réconfortée après...

Elle avala l'alcool d'un trait. Le liquide parut lui brûler la gorge et le palais. Mais Raf avait raison : elle se sentait mieux maintenant.

— Que va-t-il arriver ? demanda-t-elle en se mordant la lèvre inférieure. Bella...

— Bella devra répondre de ses actes devant la justice.

La jeune fille se tordit les mains.

— Raf, c'est terrible ! Songez, j'ai grandi à ses côtés, elle m'a traitée comme sa fille...

Une larme glissa sur sa joue.

— Et Bay ! Il ne mérite pas que je lui fasse tant de peine !

Elle se leva.

— Raf, je dois me conduire honnêtement ! Il faut que je parle à Bella et à Bay. C'est la moindre des choses... Je ne peux pas disparaître de la sorte. Je leur dois une explication, à l'un comme à l'autre.

Raf lui prit les mains et lui sourit.

— Comme vous êtes droite et généreuse. Mais je vous comprends, ma chérie... Je vous aime passionnément et je suis fier que vous vous conduisiez de manière aussi noble.

Il plongea son regard dans le sien.

— Une fois que nous serons mariés, ma chérie, où voudrez-vous habiter ? Ici, en Californie ? Ou bien en Italie ?

— Vous quitteriez votre nid d'aigle ?

— Pour vous, je suis prêt à tout.

Elle soupira.

— Je vais voir Bella...

— Je vous accompagne.

Mais quand ils arrivèrent à Satanita, ils trouvèrent la marraine de la jeune fille dans le coma. Elle avait avalé le contenu de plusieurs tubes de somnifère et les soins intensifs que lui dispensèrent les médecins ne parvinrent pas à la sauver.

Elle avait laissé une lettre.

Je ne peux pas supporter qu'un homme me prenne la fille de Lewis Caslyn. Bay me l'aurait laissée, mais Ventura l'aurait emmenée loin de moi.

Je te connais bien, Dina ! J'ai vu ton amour pour cet homme grandir de jour en jour... J'aurais voulu qu'il flambe avec son manoir ! Hélas, il était avec toi. Et tous deux, vous étiez au paradis, je suppose...

Raf lut cette lettre à son tour. Il ne fit aucun commentaire... Il se contenta de prendre Dina dans ses bras et de murmurer :

— Je suis là, ma chérie. Je serai toujours là.

Il restait une pénible épreuve à Dina : celle d'aller parler à Bay. Mais avec Raf, elle se sentait assez de force pour affronter le monde entier !

— Je vous ramène au *Sun Tower,* décida-t-il. Vous résiderez à l'hôtel en attendant notre mariage, qui sera célébré le plus rapidement possible...

— Oui, le plus rapidement possible !

— Et dans une stricte intimité.

Elle lui sourit.

— Oh, Raf... murmura-t-elle.

Doucement, il posa ses lèvres sur sa tempe.

— Ma chérie... Le temps effacera beaucoup de choses. Vous oublierez ces moments pénibles... Mais le temps n'aura jamais raison de notre amour.

Leurs lèvres se rencontrèrent dans un baiser sans fin, tandis que le soleil, très loin à l'horizon, s'abîmait dans la mer.

NE MANQUEZ PAS LE MOIS PROCHAIN DANS COLLECTION HARLEQUIN...

Sérénade à l'italienne, Elizabeth Ashton.

Claire, timide, réservée, se sent un peu perdue dans le monde sophistiqué des lettres. Pourtant un homme lui parle, lui sourit, et lui propose de l'emmener en Italie. Décidément, Christopher est différent des autres...

A l'orée du bonheur, Lucy Gillen.

Carla vient d'hériter de la superbe propriété où elle a passé son enfance, en Ecosse. Elle décide d'en faire un hôtel. Mais pourquoi Alex Hepburn, son voisin, s'obstine-t-il à contrecarrer ses projets ?

Le château des neiges, Anne Mather.

Pour "mater" sa fille, M. Connolly l'envoie en Autriche, avec un chaperon. Furieuse, Andrea décide de se distraire en tendant un piège au trop séduisant Axel von Mahlstrom. Mais à jouer avec le feu...

La jeune fille à la licorne, Charlotte Lamb.

Après le décès de son frère et de sa belle-sœur, Claire se rend sur la Côte d'Azur, auprès de ses neveux. Mais elle ne s'attend pas à être aussitôt "prise en mains" par le sévère et aristocratique Louis de Cérisy.

En dépit de notre orgueil, Sarah Holland.

Olivia est-elle vraiment responsable de la tentative de suicide de Greg ? C'est ce que semble penser Nick Baretta, le frère du jeune homme. Et il a purement et simplement décrété qu'elle devrait payer !

Un amour si fort, si fou..., Carole Mortimer.

Sortir avec le célèbre tennisman Nicolas Saint-Clare... Le rêve de toute collégienne ! Mais la naïve Rachel apprendra à ses dépens que le monde des adultes est souvent amer, désenchanté... et cruel.

L'archipel enchanté, Catherine Shaw.

Janine Roberts est heureuse de prendre en main les affaires de son père malade, à Fangufangu, archipel paradisiaque du Pacifique. Mais le troublant Ralph Svenssen n'est absolument pas d'accord !

Six mois pour t'aimer, Penny Jordan.

Un accident stupide, et Isabel se retrouve handicapée : elle boite et souffre d'une jambe. De plus, son fiancé l'abandonne, et elle n'a plus de travail. Est-ce pour cette raison qu'elle accepte un mariage de convenance avec Joël ?

Achevé d'imprimer en septembre 1983
sur les presses de l'Imprimerie Bussière
à Saint-Amand (Cher)

— N° d'imprimeur : 1132. —
— N° d'éditeur : 4. —
Dépôt légal : novembre 1983.

Imprimé en France